*Literatura Oral
para a Infância e
a Juventude*

HENRIQUETA LISBOA

Literatura Oral para a Infância e a Juventude

Lendas, Contos & Fábulas Populares no Brasil

Prefácio e ilustrações de
Ricardo Azevedo

Copyright © 1987 by Abigail de Oliveira Carvalho

Editora responsável
Renata Farhat Borges

Coordenação editorial
Noelma Brocanelli

Projeto gráfico e ilustrações
Ricardo Azevedo

Diagramação
Maria Azevedo

Revisão de texto
Mineo Takatama
Denise Pessoa

Editado conforme Acordo Ortográfico da Língua Portuguesa.

Dados Internacionais de Catalogação na Publicação (CIP)
(Câmara Brasileira do Livro, SP, Brasil)

Lisboa, Henriqueta, 1904-1985.
   Literatura oral para a infância e a juventude : lendas, contos e fábulas populares no Brasil / Henriqueta Lisboa ; prefácio e ilustrações de Ricardo Azevedo. -- São Paulo : Peirópolis, 2002.

   ISBN - 978-85-8566-393-3

   Bibliografia.
   1. Contos brasileiros - Folclore 2. Fábulas brasileiras 3. Folclore - Brasil 4. Lendas - Brasil 5. Literatura folclórica - Brasil 6. Literatura infanto-juvenil I. Azevedo, Ricardo. II. Título.

02-5783   CDD-398.20981

Índices para catálogo sistemático:
1. Brasil : Literatura folclórica   398.20981
2. Brasil : Literatura oral : Para a infância e a juventude : Folclore   398.20981

Disponível também na versão digital no formato ePub (ISBN: 978-65-86028-72-0)

7ª reimpressão, 2023

Todos os direitos reservados à
Editora Peirópolis Ltda.
R. Girassol, 310F – Vila Madalena,
São Paulo – SP – 05433-000
tel.: (11) 3816-0699 | cel.: (11) 95681-0256
vendas@editorapeiropolis.com.br
www.editorapeiropolis.com.br

Sumário

Prefácio	9
Introdução	13
LENDAS	17
A lenda da palmeira	18
O céu e a noite	19
O beija-flor	20
O quero-quero	23
O avestruz	24
A origem da lavoura	25
A lenda da acaiaca	28
A lenda do umbu	29
A lenda do milho	30
A origem do rio Solimões	31
A árvore de tamoromu	32
O mutum e o cruzeiro do sul	34
As saracuras e a serra geral	34
A andorinha entre os índios caxinava	38
O curupira e o pobre	39
A lenda da abóbora	40
A lenda do algodão	41
A árvore do pão	42
A lenda das pedras verdes	42
Lenda de São João	43
O caboclo-d'água	45
Kupe Kikambleg	47
Meri e o passarinho "O"	48
Lenda acerca da velha gulosa (Ceiuci)	49
Os dois papagaios	52

O roubo do fogo 54
A vida do homem 55
A tartaruga e o gavião 56
O mauari e o sono 57
A festa no céu 58
O papagaio que faz "cra, cra, cra" 59
A formiga e a filha 60
O cágado e a fruta 61
O cavalo castanho 63
A vitória-régia 65
Lenda do caverá 66
Negrinho do pastoreio 68
O monge da serra da Saudade 69

CONTOS 71
Dom Maracujá 72
O caipora 74
A mãe-d'água 76
O menino e o assovio 80
Deus é bem bom... 81
Ladainha nos ares 83
A bela e a fera 85
A moura torta 89
O conde pastor 93
Felicidade é sorte 95
O afilhado do diabo 97
A menina dos brincos de ouro 100
A menina e o quibungo 101
O bicho-preguiça 103
O rei Andrada 103
O homem pequeno 105

Maria Borralheira	109
João Gurumete	115
A Fonte das Três Comadres	118
História de João	123
A cumbuca de ouro e os maribondos	125
A mulher dengosa	126
A lebre encantada	127
Os três moços	130
O salteador arrependido	132
A pena do tatanguê	134
O beija-flor	135
Pedro Malasartes	136
A sopa de pedras	136
A polícia lograda	136
A árvore do dinheiro	136
Os talheres de ouro	137
O passeio ao céu	139
A mulher preguiçosa	140
O caboclo e o Sol	142
História de Orgulina	142
Pedro Brum	144
A lição do pajem	146
O bicho Pondê	147
O sapo encantado	150
Os sete pares de sapatos da princesa	151

FÁBULAS	155
A onça e o coelho	156
A raposa e as aves	158
O gato e a raposa	159

O coelho e o grilo	160
O gavião e o pintinho	161
A anum e a canarinha	161
O quati, a juriti e a preguiça	162
O sapo e a onça	165
O cágado e o teiú	166
O elefante e a tartaruga	167
O cancão e a raposa	168
A raposa e o tucano	168
A onça e o boi	169
O veado e a onça	170
A raposa e o homem	173
A raposa e a onça	174
O jabuti e a onça	174
O jabuti e o veado	175
O jabuti e de novo a onça	177
O jabuti e a raposa	179
O jabuti e o homem	180
O jabuti e o gigante	182
Por que os galos cantam de madrugada	183
O amigo da onça	185
A festa do tigre e os seus convidados	188
O bicho da folharada	189
Quem tem asa para que quer casa?	191
O bem se paga com o bem	192
Sobre a autora	195
Bibliografia	196

Prefácio

É preciso, antes de mais nada, apontar o caráter pioneiro do livro **Literatura Oral para a Infância e a Juventude**, *idealizado por Henriqueta Lisboa na década de 50. Trata-se de uma coletânea de mitos, lendas, contos populares e fábulas feita a partir do trabalho de vários e importantes pesquisadores. A obra contempla narrativas de tradição europeia, africana e indígena. Se hoje, mesmo diante de uma sólida e sedimentada indústria editorial, os leitores têm tido pouco acesso a textos desse tipo, é de se supor que há cinquenta anos a situação não fosse diferente.*

Dirigido a crianças e jovens, mas de interesse para qualquer leitor, o livro oferece um conjunto de narrativas recolhidas por dezoito grandes estudiosos da cultura popular brasileira, entre eles, Couto de Magalhães, Sílvio Romero, Silva Campos, Amadeu Amaral, Aluísio de Almeida, Lindolfo Gomes e Luís da Câmara Cascudo. Note-se que boa parte das obras consultadas está hoje completamente esgotada e fora de catálogo, o que torna o livro um documento valioso.

As manifestações das chamadas culturas "populares" – melhor chamá-las assim, pois, na verdade, constituem um conjunto bastante heterogêneo e diversificado – podem ser populares por estarem enraizadas em costumes e tradições do povo, assim como na vida rural ou não-urbana; por estarem à margem de uma certa cultura oficial e hegemônica; por serem cultivadas por gente analfabeta ou com baixo grau de instrução; por serem mantidas pela memória e transmitidas oralmente; por, em geral, não apresentarem autores definidos; por abordarem temas recorrentes de interesse coletivo; por terem, não poucas vezes, o "maravilhoso" como perspectiva e pressuposto; por serem fruto de um pensamento que tende à contextualização (ao contrário do pensamento analítico – com o qual estamos acostumados – que descontextualiza); enfim, por serem criadas a partir de outros padrões cognitivos, éticos e estéticos.

Entretanto, essas manifestações não são nada "populares" no sentido de serem conhecidas, compartilhadas e consumidas pela maioria das pessoas. Ao contrário, é possível dizer que parte significativa da população brasileira anda cada vez mais distante da rica e diversificada cultura criada e vivida informalmente pelas camadas populares. Parece paradoxal afirmar que um povo esteja afastado de suas próprias manifestações. A complexidade de uma sociedade industrial, tecnológica, de consumo e de mercado – agora "globalizada" – talvez possa explicar. Nos tempos atuais, a maioria das pessoas, subdividida em "fatias" de mercado, recebe passivamente produtos "culturais" – a chamada cultura de massa – mas não tem acesso à criação dos mesmos. Em outras palavras, a indústria cultural não necessariamente expressa ou reflete seu público, outro paradoxo para qualquer coisa que possa ser associada à noção de "cultura". Cabe ao respeitável público, o mercado, simplesmente consumir, descartar e ponto.

Algo muito diferente ocorre nas tradições populares, para as quais a arte costuma ser essencialmente a expressão de um determinado grupo. Pessoas de uma pequena comunidade rural recontam (e recriam) e saboreiam juntas, contador e plateia, histórias que ouviram de seus antepassados. Revivem (e reinventam) juntas, periodicamente, suas festas e ritos. Cantam, dançam e improvisam versos e canções que, ao mesmo tempo, ressaltam as perplexidades do grupo, emocionam e divertem. No costume do povo, as fronteiras entre palco e plateia, o artista e o público, a criação e a recepção, são bem menores. Tudo é produzido para ser compartilhado e vivenciado por todos.

As narrativas reunidas por Henriqueta Lisboa acabam sendo um documento, uma espécie de parâmetro: versões de histórias recolhidas por diferentes pessoas e critérios, em diferentes lugares e épocas. Várias dessas narrativas são contadas ainda hoje só que de outras formas, pois, vale repetir, as culturas populares pressupõem um processo diversificado e vivo em constante reelaboração.

Há quem acredite que tal processo esteja em vias de desaparecimento, com as populações submetidas, cada vez mais, aos ditames da cultura de mercado. Outros acham que a mutação é inerente a qualquer cultura, portanto, não faz sentido falar em "desaparecimento". O assunto é complexo, particularmente em um país como o nosso, mas não é o caso de discuti-lo aqui.

Todas as narrativas do livro, de qualquer forma, tratam de temas importantes e recorrentes: a luta do fraco contra o forte; a busca do parceiro amoroso; os heróis lutando para atingir seus objetivos diante de forças adversas e desconhecidas; as iniciações; a existência do Mal e do hediondo; os conflitos decorrentes de uma ética ingênua; a batalha pela sobrevivência; os ardis de uma sabedoria com base no senso comum; as explicações das origens das coisas, reafirmando as relações entre conto e mito, entre muitos outros. São assuntos humanos e cotidianos que, de formas diferentes, têm interessado a todas as pessoas independentemente de culturas e épocas.

Ninguém sabe se existe ou se um dia existirá um ethos brasileiro, algo como um caráter, um conjunto de traços culturais que seria comum a todos nós. Na verdade, nem mesmo é possível dizer que tal conceito seja válido ou se não passa de uma ficção teórica. De qualquer modo, para tentarmos saber quem somos e o que queremos, e também para onde construiremos o futuro – afinal, queiramos ou não, estamos condenados a fazê-lo –, é importante conhecer as manifestações das culturas populares. Elas representam modos às vezes surpreendentes e heterodoxos de ver a vida e o mundo. Nesse sentido, o livro **Literatura Oral para a Infância e a Juventude***, de Henriqueta Lisboa, pode ser uma instigante iniciação.*

Ricardo Azevedo

Introdução

Em longo e interessado convívio escolar, sempre me preocupou a falta de material literário com que lutam os professores para tornarem mais atraente e, pois, mais eficaz o ensino da língua.

De outro lado, em constante contato com as letras, sempre me impressionou e encantou a literatura oral, concisa e fecunda no seu realismo, tanto quanto ardente no seu idealismo.

Com a mesma essência universal que caracteriza o fenômeno, o folclore brasileiro é singularmente significativo pela riqueza dos elementos que o compõem. Veiculado através de várias correntes, europeia (principalmente ibérica), ameríndia e africana, o nosso folclore reúne os mais diversos matizes da imaginação, surpreendentes achados da inteligência e intenções civilizadoras, assim como concepções de vida algumas vezes de sabedoria exemplar, dentro de seu tosco primitivismo.

Amálgama de ingenuidade e malícia, como toda literatura anônima, oferece em variações e minudências de tom peculiar, a expressão psicológica de nossa grei. Uma grei que ainda não se conhece bem a si própria, em virtude do mesmo processo evolutivo de fusionamento racial que a vai modelando.

Preso às mais profundas raízes do ser humano, mantém o folclore na sua cripta uma força de resistência incorruptível, além do que, nas suas incursões pelo planeta, floresce prodigiosa faculdade de adaptação a fatores versáteis: tempo, clima, religião, progresso material, formas de transculturação, processos de sedimentação étnica.

Nada representa melhor o homem, na sua unidade e na sua esplêndida variedade, do que o folclore, cujo estudo se faz, por isso mesmo, altamente elucidativo para o conhecimento da continuidade e das reformulações históricas.

Antes, porém, que nos tentem os demônios da erudição, é mister o convívio singelo dos mitos em sua pureza nascente, de acordo com a índole natural tanto do sujeito como do objeto. Esse convívio, que em geral se inicia no berço e cresce à sombra da casa paterna, vai pouco a pouco cedendo lugar a interesses estranhos, diante da civilização cosmopolita que invade o universo. É de notar que, em nosso meio, as amas já não recordam os contos de antigamente, e as mães já não repetem as lendas que ouviram na infância. Cabe, portanto, à escola, apta a reconhecer a importância dos valores tradicionais como forma educativa, o ofício de resguardar e transmitir tal patrimônio. Os livros que leem comumente os meninos de hoje, de aventuras inverossímeis, traduzidos em massa para o vernáculo, excitam a fantasia porém não alimentam a imaginação. A primeira é tão-somente um jogo eventual; a segunda, o dom de intuir e inventar novas formas sobre os fundamentos do real e do autêntico.

A escola, que sabe distinguir esses matizes, bem pode, através do folclore, estimular e orientar a imaginação infantil no melhor sentido.

Instrumento mais promissor do que qualquer disciplina, nesta área, o folclore auxiliará, por certo, o florescimento da sensibilidade; despertará os sentidos e a alma da criança diante das cores, das vozes e dos segredos da terra; acomodará sentimentos a interesses vitais e genuínos.

Entretanto, para ressalva do próprio fenômeno, o folclore não deve ser ministrado à infância a feitio de estudo, mas, sim, proporcionado de modo recreativo, espontâneo, sem insistência. O que se define como popular, tradicional e anônimo não lograria viver em clima de imposição; mas pode conservar-se natural em terreno propício, à semelhança do fruto que amadurece fora da árvore, se o condiciona tratamento adequado.

Preserve-se então o lendário, jamais de maneira imperativa, mas sim subrepticiamente, sem ferir critérios sociológicos. De acordo com a pedagogia, à medida que surgir o ensejo, em aula de história, geografia, ciências ou língua pátria, o motivo folclórico pode ser ponto de partida para o subsídio e coordenação de conhecimentos. Ao serem deparados, por exemplo, certos deslizes gramaticais encontradiços na linguagem oral, torna-se indispensável, a par da achega corretiva, a ponderação da autenticidade psicológica desses supostos "erros", tão exatos na sua força de expressão estilística.

Será sempre valioso para a formação do espírito de precisão e segurança verbal o modo incisivo, direto e prático, a talhe de foice, com que avultam descrições, fatos e personagens, na literatura oral. Esta supõe, geralmente, um estilo sólido, à base da economia vocabular e da justeza. O sentimento estético da criança encontrará no folclore, acima de tudo, um mundo prodigioso de imagens e ritmos, a que raras vezes se superpõe a literatura escrita. Mundo de poesia, aurora primeva, limpidez de fonte. Assim, prolongar uma tradição regional no que ela possa oferecer de fecundo equivale a renovar o momento lúdico e lírico da humanidade; verificar, mais tarde, que essa tradição tem caracteres idênticos ou semelhantes aos de outros povos será recolher uma lição de amor.

Para o adulto, em geral, o estudo do folclore objetiva o conhecimento do homem, de suas reações e atitudes, de seus sonhos e anelos. Propicia, em particular ao professor, valiosa contribuição para a psicologia infantil, dadas as coincidências entre a alma do primitivo, do selvagem e do povo e a alma de pequenos seres ainda imunes de pressões externas.

São estas as razões essenciais da organização de uma antologia da literatura oral corrente no país e que se destina a alcançar as crianças, de preferência por meio de seus educadores.

Composto de numerosas fábulas, contos e lendas, à luz de motivações diversas, o presente trabalho endereça-se tanto ao ensino primário como ao secundário. Depois de consultar a extensa documentação do assunto em revistas e livros, cuja bibliografia se transcreve ao final do volume, procedi a esta escolha, procurando evitar estilizações mitológicas que acaso deturpassem a naturalidade linguística. Ainda assim tive de recorrer a algumas histórias, principalmente lendas, já marcadas pelos torneios da frase escrita.

Há muito que agradecer àqueles que palmilharam os campos da pesquisa e retiveram, dentro de uma possível simplicidade, as construções originais. A obra dos nossos folcloristas e etnólogos é de valor inestimável, acima de toda admiração, seja a dos precursores, seja a dos que lutam nos dias de hoje por este ideal que, felizmente, começa a ser compreendido em nossa terra.

Da primeira parte desta coletânea constam as lendas, nem sempre contidas nos limites de "narrações individualizadas, localizadas, objetos de fé", segundo a acepção geralmente aceita do termo. Tomadas em amplo sentido, aqui abrangem as áreas do mito pela indeterminação do ambiente e do tempo, e pela evocação de uma vaga atmosfera mágica. É o grupo em que predominam as invenções de cunho etiológico.

Figuram na segunda parte, além de velhos contos tradicionais da infância brasileira, algumas narrações menos antigas mas sem dúvida populares e trabalhadas pela imaginação coletiva, dentro de uma concepção pueril do universo.

Prende-se o título da terceira parte, fábulas, à ideia de "narrações alegóricas cujas personagens são animais" e que encerram geralmente uma lição moralizante. O rótulo poderia ser substituído por "contos de bicho" ou "de animais", da preferência de ilustres folcloristas que concebem a fábula mais restritamente como narração em versos, com o mesmo conteúdo. Mas isso é de menos, para o momento.

Quanto ao critério ético, importa que o mundo da sombra, do medo, da irreverência e do mal seja poupado, na medida do possível, a sensibilidades imaturas. Assim, neste volume, demologia mirim, não se apresentam mitos tenebrosos, nem situações que melindrem a saúde mental da infância, breve período de encantamento e abandono.

Simbolizaria o folclore uma árvore com raízes plantadas em gleba comunitária e de cujos ramos pendem, para todos os quadrantes, as mais diversas dádivas frutíferas. Tal como a árvore de Tamoromu, bonita lenda dos índios Vapidiana. Sem desdouro do caráter da espécie, os frutos ora reunidos são, talvez, os mais graciosos desse reino agreste em que o sobrenatural se faz cotidiano.

Henriqueta Lisboa

Lendas

A lenda da palmeira

Contavam os índios, por tradição de seus antepassados, a história seguinte:

Que antes de chegar o dilúvio havia um homem de grande saber, a quem eles chamavam Payé (que vale o mesmo que mago ou adivinhador e entre nós profeta), o qual tinha por nome Tamandaré, e que seu grande Tupá, que quer dizer excelência superior, e vem a ser o mesmo que Deus, falava com ele e lhe descobria seus segredos: e entre outros lhe comunicara que havia de haver uma inundação da Terra, causada de águas do céu, e alagar o mundo, sem que ficasse monte ou árvore, por mais alta que fosse.

Acrescentavam que excetuara Deus uma palmeira de grande altura que estava no cume de certo monte, e que ia às nuvens e dava um fruto à moda de cocos, e que esta palmeira lhe assinalou Deus para que se salvassem das águas ele e sua família somente, e que no ponto em que o dito Payé ou profeta a tal notícia teve, se passou logo ao monte que havia de ser sua salvação com toda sua casa.

Eis que estando neste rio certo dia que começavam a chover grandes águas, e que iam crescendo pouco a pouco e alagando toda a Terra, e quando já cobriam o monte em que estava, começou a subir ele e sua gente àquela palmeira sinalada, e estiveram nela todo o tempo que durou o dilúvio, sustentando-se com a fruta dela, o qual acabado desceram, multiplicaram-se e tornaram a povoar a Terra.

O céu e a noite

No tempo de dantes, o céu estava mais perto da Terra do que agora e as nuvens e as estrelas pareciam ao alcance da mão. Os passarinhos, desejando voar livremente, resolveram levantá-lo um pouco mais. Para isso convocaram uma reunião, a fim de iniciar o trabalho. O morcego também foi convidado, mas não quis tomar parte na obra, recusando a sua ajuda. O céu foi levantando como os passarinhos queriam, mas o morcego, desde então, teve de dormir pendurado pelos pés, de cabeça para baixo.

Os índios Tembé de outros tempos tinham suas malocas no campo aberto. Reinava dia sem fim, e eles eram obrigados a dormir no claro. Por isso, desejavam um pouco de escuridão para poderem dormir melhor. Foi quando um velho veio contar-lhes que tinha encontrado dois grandes potes, ao lado dos quais o demônio Azã montava guarda. Esses potes eram pretos e estavam cheios de escuridão. Os Tembé pensaram que a noite ambicionada bem poderia estar escondida nesses potes. E foram buscá-la. Ao aproximarem-se já escutavam dentro das vasilhas as vozes das corujas, dos macacos noturnos, do Azã que grita "taté", dos grilos, das rãs do brejo e de outros seres que acompanham a noite.

Chegando a distância respeitável, com alguns flechaços, quebraram o pote menor e deitaram a correr, porque atrás deles vinha a noite com todos os seus bichos. Chegados em suas malocas, aproveitaram a escuridão para dormir, mas aquilo não durou muito.

Então resolveram quebrar também o pote maior, para terem uma noite mais comprida. Aracuã e Jacupeba incumbiram-se da tarefa. Convidaram também o Urutau, de quem eram cunhados. Todos esses passarinhos ainda eram homens naquele tempo. Aconselharam ao Urutau que corresse bem depressa, mas, quando quebraram o pote grande, a noite saiu e correu atrás deles. Urutau tropeçou num cipó e caiu, sendo alcançado pela escuridão. Por isso, foi transformado em ave noturna.

O beija-flor

Quando apareceu na Terra a primeira laranja, os passarinhos ficaram encantados com aquela fruta douradinha, redondinha e bonitinha. Fizeram medonha algazarra. Perguntavam-se uns aos outros o nome da fruta e, aos mais velhos, se ela era ou não de comer.

Como nenhum soube responder, resolveram mandar o tico-tico ao céu a fim de perguntar a Nosso Senhor como se chamava aquela fruta e se eles podiam comê-la sem perigo. O tico-tico foi voando, voando... Chegou lá no céu, bateu na porta: toc-toc-toc. São Pedro veio abrir e perguntou:

— Quem está?

O tico-tico disse:

— Sôs Cristo!

São Pedro respondeu:

— Deus te abençoe.

E indagou:

— Que é que queres?

O tico-tico, em vez de responder à pergunta, continuou:

— Sôs Cristo! Sôs Cristo! — até Nosso Senhor mesmo responder:

— Pra sempre — e perguntar o que é que ele queria.

— Eu vim saber o nome daquela fruta cor de ouro, redondinha e bonitinha que apareceu lá na Terra, e se ela é de comer.

Nosso Senhor disse que a fruta se chamava laranja e que todos podiam comê-la. Mas que ele, tico-tico, para não esquecer o nome da fruta, devia vir pelo caminho abaixando a cabeça e cantando cada vez que ouvisse a trovoada roncar; cantando assim:

> *Ingerê*
> *Como gambê*
> *Como na chácara*
> *Não há.*
> *Ingerê,*
> *Ingerê,*
> *Crá-crá.*

Abaixando a cabeça e cantando. E que tinha também de vir beijando todas as flores que encontrasse pelo caminho: "Zuum-bém, zuum-bém, zuum-bém..." Mas o tico-tico não abaixou a cabeça, nem cantou, quando ouviu a trovoada roncar, nem beijou as flores.

Quando ele veio chegando, os passarinhos foram se encontrar com ele e perguntaram o nome da fruta. Com ar de bobo, ele não soube responder, nem o nome da fruta nem nada. Quanto mais os outros passarinhos perguntavam, mais atrapalhado ele ficava com a algazarra; afinal, pousou no chão e veio vindo cambaleando e mancando.

Então os outros disseram:

— Ora, o tico-tico é um bobo. Vamos mandar ao céu o beija-flor.

(Nesse tempo o beija-flor ainda não tinha tal nome.)

Eles o chamaram assim:

— Vem cá, amiguinho, vem cá; você, que é tão vivo e tão ligeiro, vai saber de Nosso Senhor como é que se chama aquela fruta e se ela é de comer.

O beija-flor foi.

Chegou lá no céu e disse:

— Sôs Cristo!

São Pedro veio abrir a porta:

— Deus te abençoe. Quem está aí?

O beija-flor não teimou como o tico-tico. Respondeu logo:

— Sou eu que vim saber o nome daquela fruta cor de ouro, redondinha e bonitinha que apareceu lá na Terra, e se ela é de comer. O tico-tico esqueceu tudo.

São Pedro respondeu de novo, e Nosso Senhor repetiu a recomendação:

— Para você não esquecer a resposta, há de ir pelo caminho baixando a cabeça e cantando estes versos cada vez que ouvir a trovoada roncar:

> *Ingerê*
> *Como gambê*
> *Como na chácara*
> *Não há.*
> *Ingerê,*
> *Ingerê,*
> *Crá-crá.*

E disse também que ele devia beijar as flores que fosse encontrando: "Zuum-bém, zuum-bém, zuum-bém..."

O beija-flor tomou a bênção a Nosso Senhor e a São Pedro e veio vindo. Esperto, veio fazendo tudo direitinho, como lhe tinha sido recomendado.

Quando os passarinhos avistaram o beija-flor lá longe, voaram ao seu encontro, rodearam-no, querendo cada um ser o primeiro a receber a notícia. Ele então disse que a fruta se chamava laranja e que todos podiam comê-la. Mal acabara de falar, já os passarinhos avançaram para as laranjeiras. E num instante as depenaram. Nem uma só laranja ficou no pé.

Quando acabaram de comer, gruparam-se de novo em torno do mensageiro, curiosos de saber como tinha sido a viagem ao céu. Então o beija-flor contou-lhes que, quando chegou lá, São Pedro veio recebê-lo; e que Nosso Senhor lhe recomendara que baixasse a cabeça cada vez que ouvisse a trovoada roncar e assim cantasse:

> *Ingerê*
> *Como gambê*
> *Como na chácara*
> *Não há.*
> *Ingerê,*
> *Ingerê,*
> *Crá-crá.*

E também que viesse pelo caminho beijando as flores que encontrasse: "Zuum-bém, zuum-bém, zuum-bém...". Contou tudo direitinho, tintim por tintim, como tinha sido. E foi daí que ele ficou se chamando beija-flor.

O quero-quero

A Santa Família, na sua fuga para o Egito, preferia viajar à noite, para não ser vista pelos soldados de Herodes, que andavam à sua procura para matar o Menino Jesus. De dia, sempre que podiam, os fugitivos entravam numa gruta da montanha e, lá dentro, livres da soalheira brava, descansavam para, ao anoitecer, recomeçarem na sua penosa marcha.

O burrico só faltava falar. Parecia entender perfeitamente o que estava se passando à volta de si. Não empacava, não ornejava, não fazia muito ruído ao mudar os passos. É que ele sabia, ou adivinhava, a divina carga que estava conduzindo a salvamento. Por outro lado, as aves, mesmo as mais gritadoras, mantinham-se em silêncio, ocultas sob o dossel da folhagem. Suas vozes eram discretas, não passavam de cochichos, e isso mesmo abafados, pelo caridoso desejo de não denunciar a presença dos fugitivos. Os sapos eram como pedras entre as pedras do caminho, as rãs eram como folhas verdes entre as folhas verdes que boiavam nas águas mortas. Não faziam ouvir o seu coaxo característico.

O quero-quero, porém, não se conformou com aquilo. Parecia que o pernalta estava com bicho-carpinteiro e não cessava de gritar em sua voz aguda:

— *Quero, quero cantar!*

Nossa Senhora e São José repararam naquilo. Parecia que o pernalta da campanha, tão barulhento, fazia o possível para que os soldados de Herodes, alertados, fossem especular o que estava se passando alta noite naqueles escuros e desertos caminhos...

Por castigo, o quero-quero ficou para sempre cantando daquela maneira, alertando sem descanso nos lugares em que se encontra.

O povo sabe disso e, quando o escuta, diz logo:

> — *Quero-quero vai voando*
> *E os esporões vai batendo.*
> *Quero-quero quando grita*
> *Alguma coisa está vendo.*

O avestruz

No tempo em que somente os bichos povoavam a Terra, as funções que hoje são desempenhadas pelos homens eram desempenhadas pelos bichos. O jaguar, por ser muito valente, era delegado de polícia; o quero-quero era sentinela, o joão-de-barro era construtor de casas e assim por diante. O avestruz, por ter as pernas compridas e ser muito rápido, era carteiro. Sim, carteiro. Lá ia ele, de ranchinho em ranchinho, levando cartas.

Certa ocasião, a mulher do avestruz estava chocando ovos, dos quais nasceram uns avestruzinhos muito bonitinhos; mas a mulher do avestruz adoeceu. Então, o marido foi à venda do capincho, buscar remédio para a mulher, que não podia sair de casa, pois precisava estar chocando os ovos. Na venda, que era um ambiente de gente meio vagabunda, estavam festejando a chegada de um tangará muito cantador, tocador de viola, que tinha vindo de cima da serra. A festa se animou quando o tangará começou a trovar em desafio com o anu, que era também muito cantador. O avestruz — que tinha ido lá somente para buscar o remédio para a mulher — começou a se entusiasmar com a festa, bebeu cachaça, se embebedou, só acordou no dia seguinte, quando o sol já estava alto.

Só então se lembrou da mulher. Comprou o remédio e voltou depressa, o quanto a perna dava. Mas, quando chegou à casa, a mulher tinha morrido. Louco de remorso, o avestruz pôs-se sobre os ovos para terminar de chocá-los. Um tempo depois, nasceram os filhotes, mas piando muito tristes porque não tinham mãe, eram guaxos.

E desde aí — para que se lembrem dos deveres de família — os avestruzes passaram a chocar os ovos, isto é, o macho é que choca, e não a fêmea.

A origem da lavoura

A princípio a Terra não era boa nem farta. Não havia peixes nas águas, animais nos matos e aves nos ares. Não se conhecia o fogo. Não existiam frutos e legumes. Os índios alimentavam-se de farelo de palmeira em decomposição, de lagartas e orelhas-de-pau. Certo dia, um jovem índio, andando pelo mato, viu sentada no seu caminho uma linda moça.

— Quem és tu? De onde vieste? — perguntou ele.
— Vim do céu — respondeu ela.
— Meu pai e minha mãe ralharam comigo, e vim embora, descendo com a chuva.

Visto que todos os índios tinham descido do céu, embora por outro caminho, o rapaz não duvidou daquelas palavras e muito se alegrou com a ideia de encontrar uma noiva, que ele ainda não tinha. A moça era acanhada e mostrava receio de encontrar-se com as outras índias. Por isso, ambos esperaram que anoitecesse e, sob a cortina das trevas, chegaram à casa da mãe do rapaz, onde, sem que ninguém visse, o índio escondeu a moça num enorme jamaru cuja boca fechou com cera. Assim, ela passava os dias escondida, esperando a noite, quando o namorado vinha e a fazia sair do jamaru.

Quando afinal aquela história foi descoberta pela mãe do rapaz e o jamaru foi aberto em plena luz do dia, a menina baixou a cabeça e custou a levantar. Todos admiraram a beleza da filha do céu e trataram de enfeitá-la como Kayapó, com a cabeça rapada no alto e o corpo pintado de urucu e jenipapo. Deram-lhe o nome de Nhokpôkti.

Nhokpôkti gostava de falar do céu e da fartura de frutos e legumes que lá havia. Certo dia, queixou-se ao marido de que estava enjoada de comer lagartas e pau puba e manifestou o desejo de voltar ao céu, a fim de trazer algumas sementes. Ensinou como ele devia fazer uma roçada, limpando a terra e preparando-a para receber as plantas trazidas do céu.

De manhã, dirigiram-se os dois ao campo onde Nhokpôkti indicou uma árvore alta e flexível. Treparam até o último galho, e o peso de ambos fez que o tronco vergasse até o chão.

— Pule! — mandou a índia.

O índio fez a roçada e um dia encontrou Nhokpôkti sentada no meio dela, cercada de mudas de bananeiras e manivas, batatas e inhames. Do céu, nessa mesma ocasião, veio o primeiro beiju, embrulhado em folhas de bananeira, em forma de estrela.

Nhokpôkti fez uma nova viagem ao céu para mostrar aos pais o filho que lhe nascera aqui na Terra. Subiu por uma altíssima casa de cupim. Depois de criado o menino, a mãe tornou a subir para o céu, mas de lá nunca mais voltou.

Os índios continuaram fazendo suas roçadas, ano após ano, cabendo às mulheres plantar a terra preparada, como boas filhas da Mãe da Lavoura que são. E, quando fazem seus beijus, ainda arranjam as folhas de bananeira em forma de estrela, como Nhokpôkti lhes ensinara a fazer.

A lenda da acaiaca

No alto do Ibitira, dominando o casario do Tijuco erguia-se a acaiaca, árvore sagrada dos índios Puri. Era grossa e frondosa, na protetora solidez. Segundo remota tradição, no dia em que a cortassem a tribo pereceria. O mameluco Tomás Bueno revelou aos Peró o segredo de seus irmãos. Os brancos, impedidos, havia muito, de chegar até o Ibitira, não tardaram em tirar proveito da traição.

Foi no dia em que se uniam pelo casamento o valente guerreiro Iepipo e Cajubi, flor mimosa da tribo. No mais animado da festa, Cururupeba, o cacique, entrou a rumores longínquos. Desde o princípio cismarento, tinha-se alheado ao júbilo geral nas bodas do filho.

Já o apartamento do pai começava a intrigar, quando o pio do mocho o decidiu a romper o silêncio. O seu grito de alarma pôs termo ao festim.

Nesse mesmo instante, um estrondo mais forte, que reboou pelas serras como trovão distante, acabou de confirmar os vagos receios. Os Peró tinham derribado a acaiaca.

Em pouco, os índios viram a desgraça com os seus próprios olhos. Jazia por terra a árvore sagrada.

Não podendo conter-se, um guerreiro mais afoito fez soar o grito de guerra contra os brancos. Agastou-se Cururupeba, a quem tocava dar ordens.

Na dissensão que se verificou, dividiram-se os bravos. Na luta, destruíram-se mutuamente em medonha matança.

Poucos restavam quando chegou o pajé. Na gruta em que morava, tivera aviso de acontecimento funesto. Com palavras terríveis, lançou a maldição sobre os Peró. E, no fogo votivo que ateou na acaiaca, deixou que se consumisse seu corpo cansado.

Seguiu-se a mais furiosa tempestade de que há memória. Juntamente com a chuva, ao ribombar dos trovões e ao clarão dos relâmpagos, caíam carvões estranhos, pedaços calcinados do corpo sagrado da acaiaca.

Ao outro dia, quando os brancos subiram ao Ibitira, só encontraram cinza e cadáveres.

Dizem que o diamante, que logo começou a surgir nos serviços de ouro, eram restos da árvore sagrada carbonizados. E a maldição do pajé comunicou-se àquelas pedrinhas, motivo de opressões e sofrimentos.

A lenda do umbu

No princípio as árvores eram todas iguais. Mas um dia Deus estava muito contente, porque os diabos e os homens tinham sido derrotados, e resolveu comemorar isso satisfazendo as vontades das árvores.

Perguntou para a coronilha o que é que ela queria. Ela respondeu que queria ser tão dura a ponto de resistir aos golpes do machado. Perguntou para o molho. Ele disse que queria saber assoviar. Perguntou para a figueira do campo. Ela disse que queria ser muito forte, muito alta, muito bonita.

E assim Deus foi satisfazendo o pedido de todas as árvores.

Quando chegou a vez do umbu, este disse que queria ter o corpo muito fraco, como madeira à-toa, mas, se fosse possível, queria ser grande, para dar bastante sombra aos homens.

Deus satisfez a vontade dele, igualmente, mas antes perguntou por que queria ter a madeira fraca e mole, enquanto todas as árvores queriam ser fortes e duras como a coronilha. Então o umbu explicou que não queria que a sua madeira pudesse servir, algum dia, para cruz e sacrifício de um santo. E desde aí o umbu é assim.

A lenda do milho

Nos campos começaram a escassear os animais. Nos rios e nas lagoas, dificilmente se via a mancha prateada de um peixe. Nas matas já não havia frutas, nem por lá apareciam caças de grande porte: onças, capivaras, antas, veados ou tamanduás. No ar do entardecer, já não se ouvia o chamado dos macucos e dos jacus, pois as fruteiras tinham secado.

Os índios, que ainda não plantavam roças, estavam atravessando um período de penúria. Nas tabas, tinha desaparecido a alegria, causada pela abastança de outros tempos. Suas ocas não eram menos tristes. Os velhos, desconsolados, passavam o dia dormindo na esteira, à espera de que Tupã lhes mandasse uma porunga de mel. As mulheres formavam roda no terreiro e lamentavam a pobreza em que viviam. Os curumins cochilavam por ali, tristinhos, de barriga vazia. E os varões da tribo, não sabendo mais o que fazer, trocavam pernas pelas matas, onde já não armavam mais laços, mundéus e outras armadilhas. Armá-los para quê? Nos carreiros de caça, o tempo havia desmanchado os rastos, pois eles datavam de outras luas, de outros tempos mais felizes. E o sofrimento foi tal que, certa vez, numa clareira do bosque, dois índios amigos, da tribo dos Guarani, resolveram recorrer ao poder de Nhandeyara, o grande espírito. Eles bem sabiam que o atendimento do seu pedido estava condicionado a um sacrifício. Mas que fazer? Preferiam arcar com tremendas responsabilidades a verem sua tribo e seus parentes morrerem de inanição, à míngua de recursos. Tomaram essa resolução e, a fim de esperar o que desejavam, se estenderam na relva esturricada. Veio a noite. Tudo caiu num pesado silêncio, pois já não havia vozes de seres vivos. De repente, a dois passos de distância, surgiu-lhes pela frente um enviado de Nhandeyara.

— Que desejais do grande espírito? — perguntou.

— Pedimos nova espécie de alimento, para nutrir a nós mesmos e a nossas famílias, pois a caça, a pesca e as frutas parecem ter desaparecido da Terra.

— Está bem — respondeu o emissário. — Nhandeyara está disposto a atender ao vosso pedido. Mas para isso deveis lutar comigo até que o mais fraco perca a vida.

Os dois índios aceitaram o ajuste e se atiraram ao emissário do grande espírito. Durante algum tempo só se ouvia o arquejar dos lutadores, o baque dos corpos atirados ao chão, o crepitar da areia solta atirada sobre as ervas próximas. Dali a pouco, o mais fraco dos dois ergueu os braços, apertou a cabeça entre as mãos e rolou na clareira... Estava morto. O amigo, penalizado, enterrou-o nas proximidades do local. Na primavera seguinte, como por encanto, na sepultura de Auaty (assim se chamava o índio) brotou uma linda planta de grandes folhas verdes e douradas espigas. Em homenagem a esse índio sacrificado em benefício da tribo, os Guarani deram o nome de auaty ao milho, seu novo alimento.

A origem do rio Solimões

Há muitos anos a Lua era noiva do Sol, que com ela queria se casar, mas, se isso acontecesse, se chegassem a se casar, destruir-se-ia o mundo. O amor ardente do Sol queimaria o mundo, e a Lua com as suas lágrimas inundaria toda a Terra. Por isso não puderam se casar. A Lua apagaria o fogo; o Sol evaporaria a água.

Separaram-se, então, a Lua para um lado e o Sol para o outro. Separaram-se. A Lua chorou todo o dia e toda a noite; foi então que as lágrimas correram por cima da Terra até o mar. O mar embraveceu e por isso não pôde a Lua misturar as lágrimas com as águas do mar, que meio ano corre para cima, meio ano para baixo.

Foram as lágrimas da Lua que deram origem ao nosso rio Amazonas.

A árvore de tamoromu

O homem criou uma cutia. Enquanto ela era pequena não saía de casa. Mas depois de crescida começou a andar pelo mato. Lá encontrou uma árvore grande carregada de frutos. Comeu no chão os frutos caídos da árvore. Ela, porém, só comeu os frutos que achou no chão porque não sabia trepar na árvore. O dono do animal perguntou:

— Onde está a cutia?

Ninguém soube responder-lhe, pois ninguém a tinha visto. Depois do meio-dia ela foi aparecendo.

— Queres comer? — perguntou o dono.

— Não quero, estou com a barriga cheia — respondeu ela. E foi deitar-se na rede.

À tarde, o dono tornou a perguntar:

— Queres comer?

E ela teimou:

— Não quero, estou com a barriga cheia.

Ao clarear do dia, quando os homens se levantaram, viram que ela já tinha partido. Toda manhã era assim. Não comia em casa a comida que lhe era dada. Saía cedo e voltava ao meio-dia, deitando-se em sua rede. Então o dono da casa mandou o filho perguntar:

— Donde vens? Para onde vais? Que é que tu comes lá?

— Nada! — respondeu ela. Adormeceu e falou: — Bum! Amendoim! Bum! Banana-maçã! Bum! Banana-comprida! Bum! Mandioca! Bum! Cana! Bum! Banana-najá! Bum! Banana-cheirosa! Bum! Banana-grossa! Bum! Milho! Bum! Arroz! Bum! Feijão! Bum! Cará! Bum! Abóbora! Bum! Inhame! Bum! Melancia! Bum! Banana-são-tomé-branca! Bum! Banana-são-tomé-roxa! Bum! Banana-iaiá! Bum! Banana-sapo!

Ouvindo-a falar assim, o dono da cutia chamou a mulher para que ela também ouvisse. Depois, recomendou aos filhos:

— Acordem bem cedo para verem aonde é que ela vai.

As crianças acordaram antes de clarear o dia, quando a cutia ainda estava deitada. Viram-na levantar-se da rede e ir diretinho para o mato. Chamaram o pai, que saiu logo depois e foi encontrá-la comendo.

— É aqui que vem comer e não conta nada pra gente? — perguntou ele.

Olhou para cima e viu os galhos arriados de tanta coisa. Um galho era de amendoim, outro de cana, outro de cará, outro de abóbora, outro de batata, outro de inhame, outro de melancia, outro de banana-maçã, outro de maniva, outro de banana-comprida, outro de banana-najá, outro de banana-cheirosa, outro de banana-são-tomé-branca, outro de banana-são-tomé-roxa, outro de banana-grossa, outro de banana-iaiá, outro de banana-sapo.

O homem viu aquilo, não pegou em nada e voltou. Chegando em casa, contou à mulher que vira a árvore carregada de frutos. Chamou os parentes e vizinhos. E todos correram para a casa do dono da cutia. Sabendo da descoberta, amolaram os machados e disseram:

— Vamos derrubar a árvore para tirar sementes!

E foram. Chegando lá, puseram-se a derrubá-la. Ao meio-dia, ela caiu. Colheram os frutos e, depois de colhê-los, voltaram para casa. Plantaram todas as sementes. As águas do rio cobriram o toco da árvore, e tudo desapareceu. Tominikare veio e disse aos homens:

— Por que derrubastes a árvore de tamoromu? Agora, para comerdes, tendes de trabalhar de sol a sol.

O mutum e o cruzeiro do sul

Estavam dois irmãos em sua casa quando de manhã ouviam um mutum cantar.

— Vamos, meu irmão, frechar o mutum que está cantando?

— Vamos, eu espero por ti.

Foram frechar. Quando lá chegaram e ouviram o mutum cantando, entesaram logo o arco, mas, olhando novamente, viram que era gente que estava sentada no pau.

O mutum falou imediatamente.

— Não me freches, meu neto. Queres ir comigo para o céu?

— Vou.

— Você quer então ir comigo?

— Vou.

— Então vamos já.

— Vamos.

— Eu vou adiante.

Foram logo para o céu transformados em estrelas.

As saracuras e a serra geral

Houve antigamente uma grande inundação que submergiu toda a terra habitada por nossos avoengos, com exceção da cima da serra, Krindjidjimbé.

Os Caingang, os Cadjurucré e os Camé nadavam neste rumo, trazendo na boca chamejantes tições.

Mas os Cadjurucré e os Camé sucumbiram à fadiga e morreram afogados, e suas almas foram viver no centro da serra.

Os Caingang e um pequeno número de Curutom, com extremo esforço, ganharam o cume de Krindjidjimbé, onde se conservaram por muitos dias, mas deitados no chão, os outros refugiados nos galhos das árvores, sem comida e sem que as águas baixassem.

Já esperavam a morte quando ouviram o canto das saracuras, que vinham trazendo, em cestas, terra que atiraram na água, que por isto lentamente se retirou.

Os índios gritavam às saracuras que se apressassem, o que fizeram cantando ainda mais e convidando os patos para ajudá-las. Em pouco tempo conseguiram formar um planalto da cima da serra, que deu plena liberdade aos Caingang, menos àqueles que se achavam nas árvores, que se transformaram em Monito, e os Curutom em Caroyá.

As saracuras começaram seu trabalho pelo lado onde sai o sol; isto foi a causa por que nossos rios e arroios correm para o poente e caem no grande Paraná.

Quando o dilúvio desapareceu, os Caingang estabeleceram-se na vizinhança imediata da serra do Mar.

Os Cadjurucré e os Camé, cujas almas foram habitar no centro da serra, começaram a abrir caminhos. Depois de passarem por muitas fadigas, conseguiram sortir de dois lados.

Da parte onde saíram dos Cadjurucré, era o terreno plano e não tinha pedras (foi por isso que conservaram seus pés pequenos); e lá brotou uma fonte agradável. Pelo contrário, o caminho dos Camé levava sobre um terreno pedregoso, pisaram os pés, que ficaram inchados durante a marcha; é por isso que os conservaram grandes até hoje. Nenhuma fonte saiu deste lado; a sede os obrigou a procurar a água dos Cadjurucré, que lhes permitem beber quanto é necessário.

Ao saírem da serra, os Caingang ordenaram aos Curotom que fossem procurar as cestas e cabaças que deixaram embaixo antes de entrar a enchente. Eles partiram: mas eram preguiçosos, não queriam outra vez subir a serra; eles se ficaram onde se achavam e nunca mais se uniram aos Caingang; daí é que nós nos apoderamos deles, quando os encontramos, pois são nossos escravos e fugiram.

Durante a noite que se seguiu à sua partida, eles acenderam fogos, e o Cadjurucré, aproveitando-se da cinza e do carvão, fez os tigres, aos quais disse:

— Ide comer gente e os animais do mato!

E os tigres foram-se, rugindo.

Como não tivesse bastante carvão, ele fez as antas, que fez com cinza, e disse a elas:

— Ide comer caça!

Mas seus ouvidos não eram perfeitos, elas não ouviram bem e perguntaram o que tinham de fazer.

Cadjurucré, que estava ocupado com o fabrico de um animal de outra espécie, lhe ordenou:

— Ide comer folhas e galhos de árvores!

Esta vez o entenderam bem e foram-se: daí vem que as antas não comem senão folhas e pequenos ramos e frutas.

Cadjurucré estava fazendo um animal a que faltavam ainda a língua e os dentes e umas garras, quando apontou o dia. E como não pudesse fazer de dia o que restava, meteu-lhe depressa na boca uma varinha delgada, dizendo:

— Por não teres dentes, vais comer formigas!

E isto é a causa por que o tamanduá é um animal imperfeito.

A noite seguinte ele continuou a fazer muitos outros animais, entre eles as abelhas.

Enquanto Cadjurucré fazia estes animais, Camé fazia outros, para combater aqueles, por exemplo as pumas, as cobras venenosas e as vespas.

Acabados estes trabalhos, todos se puseram em marcha e reuniram-se aos Caingang.

Então viram que os tigres eram muitos e que comiam muita gente. Tendo que atravessar um rio caudaloso, eles fizeram uma ponte de um tronco de árvore e depois que todos passaram, Cadjurucré, que os dirigia, disse a um companheiro de Camé que, quando os tigres estivessem na ponte, a sacudisse vigorosamente, a fim de que caíssem n'água e se afogassem.

Os tigres caíram n'água e se afundaram, mas alguns saltaram ao declive da borda do rio, onde se seguraram com as garras. Camé quis empurrá-los para a água, mas os tigres rugiram e mostraram os dentes; ele teve medo, retirou-se e deixou-os sair; é por isso que hoje há tigres tanto na terra como n'água.

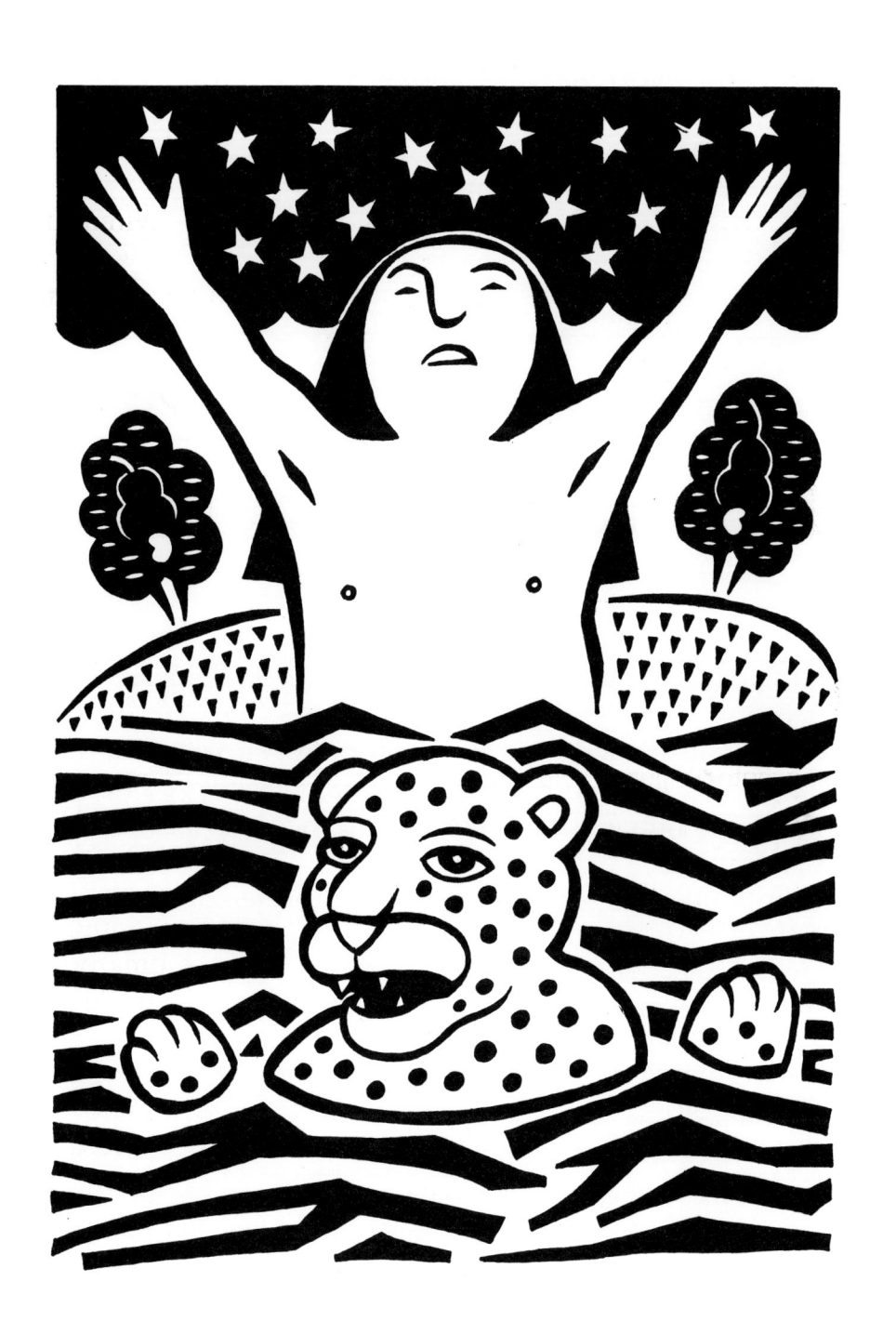

Chegados a uma grande planície, os índios todos reunidos combinaram casar os seus filhos. Eles casaram primeiro os Cadjurucré com as filhas dos Camé e vice-versa; mas, como ainda restavam muitos homens, estes se casaram com as filhas dos Caingang, e daí é que os Cadjurucré, os Caingang e os Camé são amigos e parentes.

A andorinha entre os índios Caxinava
(O menino levado para o céu pela andorinha)

Estava brincando um menino pequeno com uma andorinha, quando esta disse:

— Não me atires de um lado para outro; eu vou levar-te para o céu, lá verás a tua gente; o céu é muito bonito, lá as coisas são muitas, e lá encontrarás tua gente; eu te levo.

E assim o fez.

A andorinha fez segurar suas penas ao menino e voou e para cima foi.

Andorinha: — Fecha os olhos, amedrontas-te e podes cair.

O pequenino os olhos fechou, a andorinha o segurou. Esta voou ao céu adentro, entrou e ao menino apeou.

— Agora, abre os olhos.

O menino abriu os olhos, viu e pensava que era sua casa, quando entrou.

De seu pai o irmão que, há tempo, morreu e subiu ao céu avistou o filho de seu irmão; alegrou-se, dando-lhe a mão, fê-lo assentar-se a seu lado. O céu adentro é muito bonito. No céu não sofrem dor nem febre têm, não morrem outra vez.

O curupira e o pobre

Contam que, não se sabe como, um homem e uma mulher viviam em muita pobreza. Quando o homem ia à caça de dia, não encontrava nada para caçar; e quando ia à noite, topava só com quadrúpedes. Uma noite, quando andava à caça, ouviu ruído no mato e escutou quem seria. Dizem que disse:

— Que é isto? — quando repentinamente aparece o Curupira.

Ao contemplá-lo, viu o caçador que tinha o cabelo longo, os pés virados para trás e uma vara na mão.

— Que estás fazendo aqui em noite tão escura? Tens coragem de ousar penetrar o meu mato?

Dizem que o Curupira falava assim, levantando a vara contra ele.

— Eu vou à procura de caça para mim. Eu sou um homem pobre e tenho mulher e por isso vou à caça. Quando não encontro caça de dia, caço de noite, para comer com minha mulher.

— Meu camarada, posso ajudar-te. Tudo quanto quiseres posso dar-te. Tens fumo?

O caçador tirou logo fumo de sua algibeira, cortou um pedaço e lho deu.

Fazendo frio à noite, acendeu o Curupira um fogo, assentou-se, encheu seu cachimbo de tabaco, pôs em cima uma brasa e fumava o tabaco que lhe dera o homem.

Depois entretinha-se com ele e conversava.

— Meu cunhado — disse —, se cada noite me trouxeres tabaco, guardarei para ti a caça que desejares. Digo-te, para que o saibas. Não digas nada à tua mulher. Não quero que ela o saiba; podia ficar ciumenta.

Continuou a falar o resto da noite e, chegando a aurora, despediu-se. Então virou-se e foi embora.

Toda noite, quando a mulher estava dormindo profundamente, ia o pobre ao mato à caça e levava fumo ao Curupira. Chegando lá, já o achava assentado perto de uma fogueira, e a caça já estava a seu lado.

— Eis aqui a caça para ti! Ah! Ah! Dá-me fumo.

A mulher disse de si para si:

— Onde caça meu marido, saindo à noite? Onde achará caça agora? Quero espiá-lo.

Quando seu marido foi outra vez à caça de noite, fingiu-se dormindo, mas estava acordada. Tendo ele saído, seguiu-o.

No lugar onde o esperava, encontrou o Curupira, que logo disse assim:

— Meu cunhado, agora termina nosso contrato, que devias encobrir à tua mulher. E por mais que o queiras ocultar, tua mulher já o sabe. Pensas que ela esteja longe daqui? Julgas que ela esteja em casa? Lá está ela. Tu não tens nada com aquilo que ela há de sofrer.

O Curupira deu um pulo, lançou-se contra a mulher e a matou. O homem ficou apavorado e fugiu.

A lenda da abóbora
(Formação do mar)

Morreu o filho do poderoso chefe Yaia. Soluços, prantos, alaridos enchem os ares, ecoam pela mata. Agachado, contempla o triste pai o querido filho que está morto. Não quer vaso de terra, as igaçabas a seus olhos são míseros sarcófagos; e os ritos cumprem-se, as danças funerais começam; em redor do defunto, os fachos se acendem para limpar de gênios maus a noite.

Numa abóbora de disforme grandeza abriu ao dileto filho o sepulcro. Foi bem junto da cabana e em frente da velha sapucaia. Sentou-se neste jazigo vegetal, uniu-lhe ao peito com seus colares de dentes os joelhos. Pôs-lhe um par de juritis mortos aos pés e cauã, que espanta as cobras; rodeou-o da flecha e macaná.

Quando na outra manhã foi visitar o sepulcro, viu o tuxaua com espanto que enormes peixes se escapavam da abóbora-sepulcro e as águas saíam inundando a Terra... Assim se formou o mar.

A lenda do algodão
(Origem da humanidade)

Não se balanceava ainda o índio entre coqueiros na rede, não havia família nem cabana, nem sequer na vastidão do mar vogava a leve igara.

E veio Sacaibu, o primeiro dos homens ou quase um deus. Cercado dos gênios, seus filhos fizeram casa e quinta. Semeou o algodão.

Em breve tempo deu a terra o arbusto e mais as flores e frutos de ouro e neve.

E o filho gigante Rairu propôs a Sacaibu:

— Se queres arrotear o vale, a serra, lá no fundo há homens e mulheres para cultivar a terra. Vamos descer ao abismo aí.

Debruçando-se sobre a borda da abertura, ouviram um burburinho subterrâneo como de estranho povo. Segurando a trança de algodão que trançou, desceu Sacaibu pela corda.

Voltando, seguiu-o pela corda gente capaz de povoar o mundo, trepando em grande massa.

E vinham tribos de diversas regiões, clima e raça, mas todos feios, deformados, gagos, de olhos tortos, esboços rudes de homens primitivos.

Guindava mais e mais e afluindo finalmente vieram outros de formas belas, regulares.

Os primeiros todos subiram musculosos, robustos, de tronco firme, cor de bronze pálido.

Mas nisto a corda estala, quebrara. A multidão afunda.

Eis por que há tanta gente feia e a bonita é rara.

A árvore do pão

Ao tempo de uma grande carestia e penúria, um pai levou seus numerosos filhos a uma montanha e lhes disse:

— Vós deveis enterrar-me neste lugar, pois amanhã me achareis outra vez aqui. Os filhos obedeceram; tendo voltado no seguinte, assim como lhes tinha mandado, eles se admiraram por ver o corpo de seu pai transformado numa grande árvore. Os dedos dos pés tinham-se alongado em raízes; seu corpo, forte e robusto, constituía o tronco; seus braços estendiam-se nos ramos e as mãos nas folhas. No fruto suculento, reconheceram a cabeça calva.

A lenda das pedras verdes

Antes das festas do amor, havia a jornada expiatória ao formosíssimo Lago do Espelho da Lua, tão belo quanto misterioso e oculto da profanação dos homens pela mais ínvia e brutesca das regiões alpestres do nosso continente, na grande ilha, que é a maior do mundo, formada pelo Orenoco, o rio Negro e o Amazonas, ligados pelo canal do Cassiquiare.

Reunidas ali em torno do lago sagrado, nas noites de luar da mais bela das estações, as icamiabas celebravam a festa de Yaci, a Lua, a mais querida e temerosa das filhas selvagens.

Subiam então aos céus, no meio da imensidade do sertão amazônico, os cantos que nenhum ouvido de homem pôde ouvir, nem ouvirá jamais.

O óleo balsâmico do umiry e a fina essência do molongó recendiam nos ares como uma oblação aromal à deusa das noites serenas, que tece com os raios de prata os filtros misteriosos dos invisíveis amores e das germinações.

Maceradas de longas vigílias e de flagelações, as filhas de Yaci caíam em êxtase antes de obterem a purificação suprema das águas cristalinas do Espelho da Lua, em cujo fundo mora a mãe das mueraquitans, ou das "pedras verdes".

Quando, a horas mortas, a face da Lua se refletia bem clara na superfície polida do seu líquido Espelho, então as amazonas mergulhavam nas águas e recebiam das mãos da mãe das pedras verdes, como penhor da sua consagração, o presente dessas joias sagradas.

Lenda de São João

Nossa Senhora, indo visitar sua prima Santa Isabel, quando para ambas se avizinhava o nascimento de seus benditos filhos, pediu a Santa Isabel, cujo sucesso era esperado antes, lhe desse um sinal da feliz natividade. Santa Isabel prometeu a Maria Santíssima mandar plantar um mastro na montanha próxima e acender em torno uma fogueira.

Com efeito, algum tempo depois, Nossa Senhora divisou no lugar aprazado fumaça, labaredas e o mastro. Nascera São João Batista, o Precursor; e Maria partiu logo a abraçar sua santa prima. Desde então, celebra-se o santo com fogos e mastros.

Em certa época, na infância de São João Batista, estando ele deitado sobre os joelhos de Santa Isabel, que o acalentava cantando, perguntou:

— Minha mãe, quando é o meu dia?

— Dorme, filhinho, dorme; quando for eu to direi.

E São João dormiu, para só acordar na noite de São Pedro, a ouvir foguetes e ver fogueiras.

De novo insistiu:

— Minha mãe, quando é o meu dia?

— O teu dia já passou, acudiu Santa Isabel.

— Ora, minha mãe, por que não me disse, que eu queria brincar na Terra?

Se São João descesse do céu, o mundo se arrasaria em fogo.

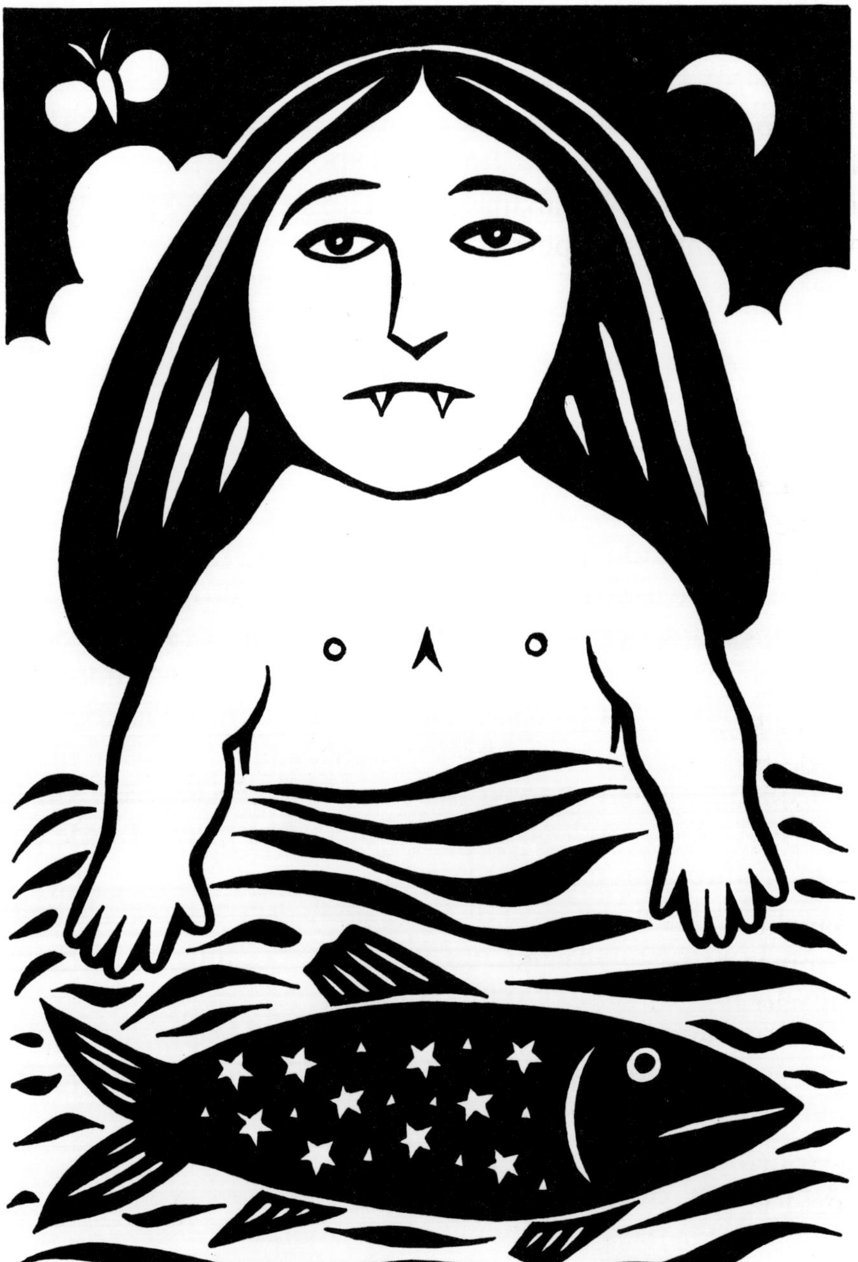

O caboclo-d'água

Quando os Tupinambá ocupavam a região em torno da Bahia, um chefe caçador, vizinho dos brancos e conhecedor de sua linguagem, seduzido pelas festas, a música e as pompas da cidade, resolveu abandonar sua tribo e a cabana de seus pais para ir viver entre os emboabas, ou homens de pernas calçadas.

Debalde os pais, já velhos e alquebrados, tentaram dissuadir do ingrato intento Guaripuru — tal o nome do moço indígena. Mas ele, que, como o pássaro de que tirou o nome, gostava de viver sempre rodeado de outros, fez ouvidos moucos aos conselhos do velho e às súplicas enternecidas de sua mãe.

Um dia, quebrando o arco e as flechas, arrojou-os num rio que corria ao pé da taba, e partiu.

Seu pai e sua mãe, da porta baixa da oca selvagem, olharam demoradamente, com os olhos rasos de lágrimas, o filho que se distanciava; vendo-o desaparecer, entraram para o escuro da cabana e aí acocorados, silentes, beberam suas lágrimas sem um queixume.

O rapaz seguiu pela margem do rio, levando ao ombro apenas a sua rede de tucum e um saquinho de matalotagem. Cansado de andar, já noite, armou a rede nos galhos de um jatobá e dormiu profundamente. Ao amanhecer, ouviu um canto singular, de voz humana.

Dar-se-ia que houvesse gente por aí? Não era possível. Aproximou-se de mansinho da beira do rio, afastando cuidadosamente os ramos para examinar de onde partia o canto.

Qual não foi o seu espanto quando se lhe deparou de pé, num rochedo ao meio da água, esbatido dos primeiros raios de sol, um homem estranho, cujos cabelos muito negros lhe rolavam pelos ombros, a cantar, a cantar a mais dolente das canções?

Guaripuru viu, com os olhos esgazeados, na margem fronteira do rio uma lapa cujo interior faiscava, como se lá dentro houvesse um outro sol.

E a água do rio era tão transparente que ele via os cardumes de peixes a darem de cauda e a areia amarela e brilhante como se por baixo dela houvesse também um sol.

Guaripuru tomou todo o cuidado para não ser visto daquele ente estranho, que devia ser Uauyara, o pai dos peixes, aquele cujas seduções as mais lindas moças da tribo temem quando vão banhar-se ao rio.

— Ah! — pensou — é aí a casa dele; é feita daquela pedra amarela que os brancos procuram com tanta fome; de grãozinhos amarelos é a areia do rio. Vou guardar bem o caminho e serei um chefe entre os brancos quando lhes apresentar lascas daquela pedra e grãos daquela areia.

Com tal ideia na mente, chegou Guaripuru à cidade. Não tardou muito a que ele, que tanto gostava de roda, tivesse em torno de si uma roda de índios conversos e de filhos de índias com brancos, os quais falavam a sua linguagem, como também ele a dos brancos.

E a sua fama cresceu.

Daí a pouco, Guaripuru, gentil e intrépido, querido e admirado, recebeu o batismo, tendo como padrinho o capitão-mor da cidade. Já então ele se vestia e armava-se como os filhos dos chefes brancos e era casquilho e taful em suas vestes como em suas armas.

Amigo de pelejas, conhecedor de manhas de guerra, mostrou seu valor em batalhas dos brancos contra outros brancos que vinham em alterosas naus do outro lado do mar.

Depois da vitória, galões de ouro lhe cingiram os punhos e plumas de cores lhe enfeitaram o chapéu.

Guaripuru transformava-se num oficial dos exércitos d'El Rei, cujo nome cristão, tomado do seu padrinho, o capitão-general, era Manuel Teles.

Realizara-se o seu sonho, e era agora um chefe de brancos, a quem se ia confiar o comando de uma entrada para o sertão, em busca de ouro.

A expedição partiu; mas uma velha índia que mostrava pelo moço chefe, desde os primeiros tempos de sua chegada entre os brancos, maternal afeição, prendeu-o nos braços no dia da partida, conjurando-o a não revelar aos caraíbas de além-mar os segredos da Mãe de Ouro, pois seria implacavelmente punido com a morte.

Ele, que já tinha desprezado os conselhos dos pais, repeliu a velha e seguiu seu destino.

Com o seu faro de índio ia em busca da gruta luminosa, a cuja boca vira o caboclo-d'água, em dias distantes.

Ainda muito longe, uma tarde em que a tropa, acampada à beira de um rio, repousava e a gente, recostada nos fardos, entoava cantilenas, o comandante desapareceu.

Por toda a parte o procuravam em vão. Alguém se lembrou de pôr uma vela acesa num cabaz e deixá-la flutuar sobre o rio para, caso tivesse ele perecido n'água, a luz denunciar o ponto onde jazia o corpo.

Tal é a crença ainda agora no sertão, e assim se fez.

Num perau escuro, junto às raízes de uma gameleira, o cabaz girou em torno de si mesmo e ficou como fixo no mesmo ponto.

Mergulhadores índios atiraram-se no poço, e, no meio do pranto e do clamor da tropa orfanada, o corpo do chefe veio à tona.

Um dos mergulhadores observou-o: faltavam os olhos, o nariz e a boca naquele rosto, antes tão varonil, ora mutilado e irreconhecível.

— Ah! — disse o índio em tom profundo.

Ele farejou, viu e contou:

— O Uauyara matou-o.

E assim acabou o filho das florestas, que quis revelar o segredo da Mãe do Ouro!

Kupe Kikambleg

Na parte mais oriental do mundo, onde o Sol nasce, vive um povo de cabelos vermelhos. Como o Sol nasce muito perto deles, sofrem severamente por causa de suas chamas e lhe têm um grande ódio. Cada manhã, ao romper do Sol, atiram flechas contra ele, mas de rostos voltados para o lado, pois não podem suportar a sua luz e o seu calor chamejante. Mas o Sol se ergue muito depressa, de modo que eles nunca o atingem.

Assim sendo, decidiram derrubar a viga que sustenta o céu, de modo a fazer com que o céu caísse e o Sol ficasse impedido de prosseguir sua viagem depois disso. Eles a desbastaram e continuaram trabalhando até que o pilar ficou bastante fino. Então, por causa da fadiga, tiveram que parar, e, quando voltaram ao trabalho, a parte que havia sido cortada crescera outra vez e o pilar estava tão grosso quanto antes. Estão nisso até hoje.

Meri e o passarinho "O"

Um dia Meri encontrou dois filhotes de um passarinho chamado "O". Ao vê-los, exclamou:

— Iogoddubá ore bao? — que quer dizer: — De quem serão estes dois filhotes?

Não vendo ninguém, pegou-os pelo bico e, abrindo-os desmesuradamente, os matou. Pouco depois chegou o pai dos pobrezinhos e, achando-os mortos, pôs-se à procura do malvado que os estrangulara; mas em vão. Sendo ele o senhor da noite, disse:

— Pois bem, farei descer logo a noite e quem sabe se poderei assim descobrir quem matou os meus filhos.

De fato, fez-se escuro e para logo se ouviu, pouco longe, um gemido. Acorreu "O" e encontrou Meri, que gemia. Perguntou-lhe "O":

— Meu avô, sabes quem matou os meus filhotes?

— Eu não fui — respondeu Meri —, e nem sequer sei quem possa ter sido.

Então "O" fez com que a noite se tornasse mais escura. E eis novos gemidos de Meri, ao qual volta novamente, perguntando-lhe outra vez se tinha matado os seus filhos. Meri negou pela segunda vez, mas ajuntou:

— Eu ressuscitarei teus filhos, se me deres o poder sobre a noite.

O passarinho aceitou a proposta, e juntos foram aonde estavam os dois filhotes mortos. Meri tomou-os nas mãos e passou-lhes nas feridas um pouco de resina de kiddoguru misturada com carvão. Dissolveu na água um outro remédio e com ele lavou a ferida, e os dois mortos voltaram à vida.

O pai, fiel à palavra dada, cedeu a noite a Meri; porém lhe pediu o favor de apressar o dia, quando ele cantasse: "oó, oó, oó", e Meri prometeu que o faria.

Daquela época em diante, "O" teve aos lados do bico duas linhas negras à resina com carvão que Meri lhe passara.

Lenda acerca da velha gulosa (Ceiuci)

Contam que um moço estava pescando peixe, de cima de um mutá. A velha gulosa veio pescando com tarrafa pelo igarapé. Ela avistou no fundo a sombra do moço e cobriu com a rede; não apanhou o moço. O moço, quando viu aquilo, riu-se de cima do mutá.

A velha gulosa disse:

— Aí é que estás? Desce para o chão, meu neto.

O moço respondeu:

— Eu não.

A velha disse:

— Olha que eu mandarei lá maribondos!

Ela os mandou. O moço quebrou o pequeno ramo e matou os maribondos.

A velha disse:

— Desce, meu neto; senão eu mando tocandiras!

O moço não desceu; ela mandou tocandiras; estas o puseram n'água; a velha jogou a tarrafa sobre ele, envolvendo-o perfeitamente, e o levou para sua casa. Quando lá chegou, deixou o moço no terreiro e foi fazer lenha.

Atrás dela veio a filha e disse-lhe.

— Esta minha mãe, quando vem da caçada, conta qual é a caça que ela matou; hoje não contou... Deixa-me olhar ainda o que é.

Então desembrulhou a rede e viu o moço. O moço disse-lhe:

— Esconde-me.

A moça escondeu-o; untou um pilão com cera, embrulhou-o com a tarrafa e deitou-o no mesmo lugar.

Então a velha saiu do mato e acendeu fogo debaixo do muquém. Esquentando-se o pilão, a cera derreteu-se; a velha aparou. O fogo queimou a tarrafa; apareceu o pilão. Então a velha disse a sua filha:

— Se tu não mostrares a minha caça, eu te matarei!

A moça ficou com medo, mandou o moço cortar palmas de naçaby para fazer cestos, para estes cestos se virarem todos em animais. A velha foi atrás; quando chegou, o moço mandou os cestos virarem-se em antas, veados, porcos, em todas as caças; viraram-se. A velha gulosa comeu todos.

Quando o moço viu a comida pouca, fugiu; fez um matapi, onde caiu muito peixe.

Quando a velha chegou ali, entrou dentro do matapi.

O moço espantou uma pinta de marajá.

A velha estava comendo peixe, quando ele a feriu e fugiu. A moça disse a ele:

— Quando tu ouvires um pássaro cantar "can-can, can-can, can-can", é minha mãe, que não está longe para pegar você.

O moço andou, andou, andou.

Quando ele ouviu "can-can", correu, chegou onde os macacos estavam fazendo mel e disse-lhes:

— Escondam-me, macacos!

Os macacos meteram-no dentro de um pote vazio.

A velha veio, não encontrou o moço e passou para diante. Depois, os macacos mandaram o moço ir-se embora.

O moço, andou, andou, andou. Ouviu: "can-can, can-can, can-can". Ele chegou à casa do surucucu e pediu-lhe que o escondesse. O surucucu escondeu-o. A velha chegou, não o encontrou, foi-se.

De tarde o moço ouviu o surucucu, que estava conversando com sua mulher para fazerem um muquém para eles comerem o moço.

Quando eles estavam fazendo o muquém, um makanan cantou. O moço disse:

— Ah, meu avô makanan, deixe que eu fale com você.

O makanan ouviu, veio e perguntou:

— Que é, meu neto?

O moço respondeu:

— Há dois surucucus que me querem comer.

O makanan perguntou:

— Quantos esconderijos eles tinham?

O moço respondeu:

— Um somente.

O makanan comeu os dois surucucus.

O moço passou para a banda do campo, encontrou-se com um tuiuiú que estava pescando peixe, que estava pondo em um uaturá. O moço pediu a ele que o levasse. Quando o tuiuiú acabou de pescar, mandou o moço pular para o uaturá, voou com ele, pô-lo sobre um grande galho de árvore, não pôde levá-lo adiante. De cima o moço viu uma casa; desceu e foi. Chegou à beira da roça e ouviu que uma mulher estava ralhando com uma cutia para não comer sua mandioca.

A mulher levou o moço para sua casa; quando lá chegou, ela lhe perguntou donde é que vinha. O moço narrou todas as coisas; como ele estava esperando peixe na margem do igarapé, veio a velha gulosa, levou-o para sua casa, quando ele ainda era menino. Agora já estava velho, branca a sua cabeça. A mulher lembrou-se dele e conheceu que era seu filho. O moço entrou na sua casa.

Os dois papagaios

O Sol foi caçar e encontrou um ninho com dois pequenos papagaios, os quais levou para criar em casa. Ele escolheu o que possuía mais plumagem, dando o outro ao seu companheiro (a Lua). Eles alimentavam os pequenos pássaros, depois que retornavam da caça, colocavam-nos em seus dedos e lhes ensinavam a falar.

Um dia, enquanto ambos estavam fora, caçando, um dos papagaios disse para o outro:

— Eu tenho pena de nosso pai. Quando ele volta para casa, cansado da caça, tem primeiro que preparar comida para ele próprio e para nós. Nós o ajudaremos.

Então ambos os papagaios se transformaram em moças e prepararam a refeição. Enquanto uma estava trabalhando, a outra vigiava perto da entrada. Quando o Sol e a Lua estavam voltando, eles ouviram desde longe o barulho de um pilão, que subitamente cessou. Quando entraram, encontraram a comida pronta, mas os dois papagaios, como de costume, estavam empoleirados em suas vigas. Eles encontraram pegadas humanas, mas, para espanto deles, somente dentro de casa, e não na estrada. Isso continuou dessa maneira durante vários dias. Finalmente o Sol disse para o seu companheiro:

— Escondamo-nos em ambos os lados da casa, no mato, e logo que ouçamos o pisar do pilão cada um de nós correrá para uma das duas portas.

Eles se esconderam e ouviram risos e vozes falando dentro da casa. Logo que eles ouviram o barulho do pilão, correram e entraram simultaneamente pelas duas portas. As moças soltaram os pilões, abaixaram as cabeças e se sentaram. Elas eram muito formosas e de pele clara, e seus cabelos alcançavam seus joelhos. A Lua desejou se dirigir a elas, mas o Sol não o consentiu e falou ele próprio a uma delas:

— São vocês, então, que têm estado preparando nossa comida?

A moça riu:

— Nós estávamos com pena de vocês porque tinham de trabalhar quando voltavam da caça para casa. Por isso nós nos transformamos em seres humanos e preparamos a comida.

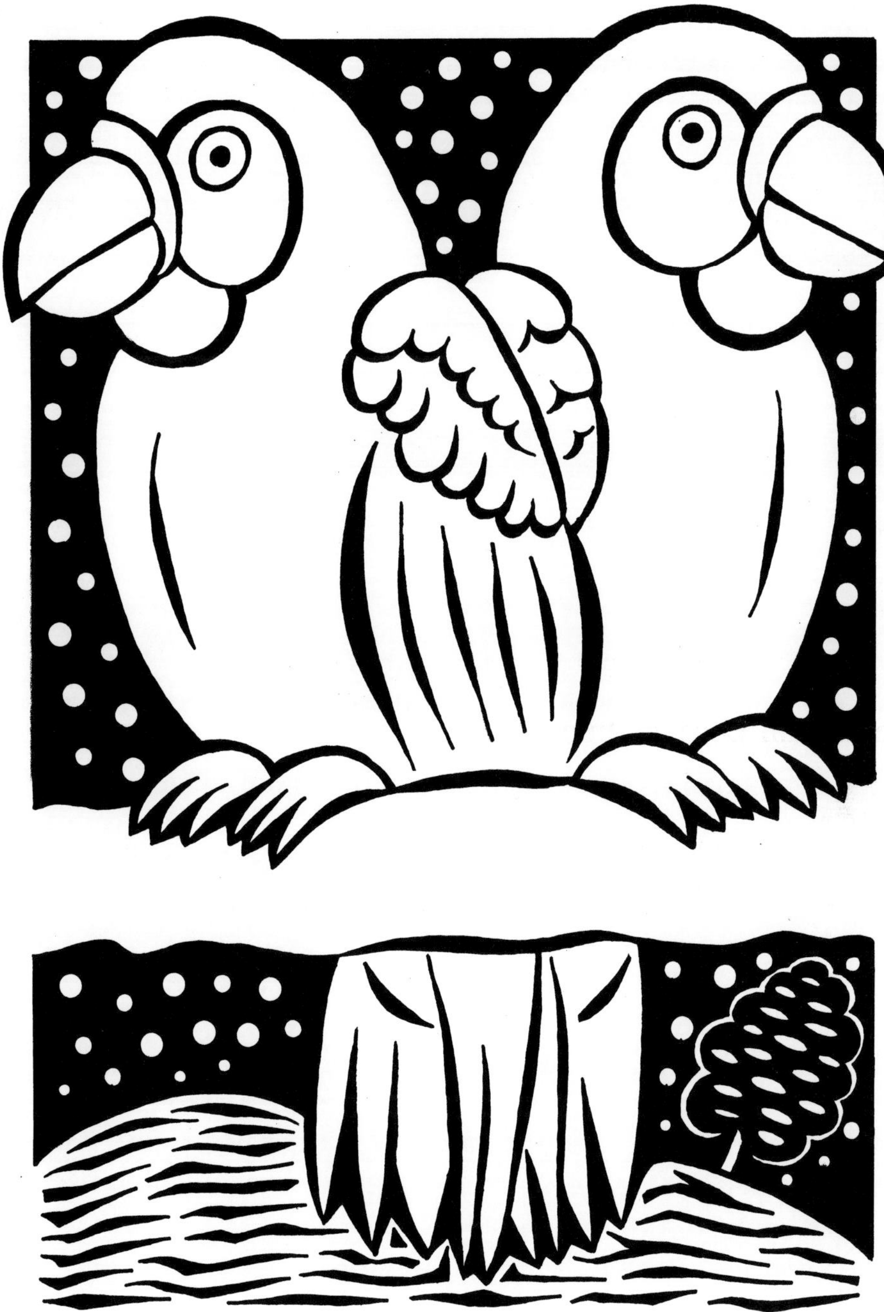

O Sol disse:

— Agora vocês ficarão seres humanos para sempre!

A moça respondeu:

— Disponham entre vocês com quem cada uma de nós se casará!

Imediatamente o Sol disse:

— Você é minha!

E a Lua disse para a outra:

— Você é minha!

Fizeram leitos para eles próprios e suas esposas e viveram junto com elas.

O roubo do fogo

Em priscas eras o urubu-rei foi dono do fogo. Por isso, os Tembé secavam a carne expondo-a ao calor do Sol. Então resolveram roubar o fogo do urubu-rei. Começaram por matar uma anta. Deixaram-na estendida no chão e, depois de três dias, o bicho estava podre, bulindo de vermes. Vendo a carniça lá embaixo, o urubu-rei desceu acompanhado de seus parentes. Para melhor se banquetearem, despiram a vestimenta de penas, assumindo a forma de gente. Tinham trazido um tição aceso e com ele fizeram grande fogueira. Cataram os vermes, os envolveram em folhas do mato e assaram.

Os Tembé, que se mantinham escondidos, à espreita, tocaram para lá. Mas os urubus bateram as asas e levaram consigo o fogo para lugar seguro. Assim, os índios perderam o trabalho de tantos dias. A seguir, fizeram uma tocaia ao pé da carniça e um velho pajé ali se escondeu. Os urubus voltaram àquele lugar e fizeram seu fogo, desta vez bem próximo da tocaia.

— Quando eu fugir, levarei comigo um tição aceso! — disse o pajé consigo mesmo.

Quando os urubus despiram sua vestimenta de penas, viraram homens e se puseram a assar os vermes, ele deu um pulo para a frente e os bichos ficaram espavoridos. Correram para suas vestes de penas e começaram a vestir-se atabalhoadamente. O velho aproveitou-se da confusão, pegou num tição aceso e fugiu. Os pássaros juntaram o resto do fogo e voaram, levando-o consigo. Então, o pajé ateou fogo em todas as árvores com as quais hoje se faz fogo e que são: urucuíva, cuatipuruíva, ivira e muitas outras.

A vida do homem

Certo dia a pedra e a taquara discutiam acerca disto: a qual das duas mais se assemelhava a vida do homem sobre a Terra. Foi este o diálogo:
Pedra: — A vida do homem deve ser semelhante à minha; terá uma vida longa como a minha.
Taquara: — A vida do homem deve ser semelhante à minha. Eu morro, mas volto logo à vida.
Pedra: — Não pode ser assim; eu não vergo ao soprar dos ventos nem à força das chuvas. O calor não me prejudica. A minha vida é longa, ou, antes, não tem fim. E, o que é melhor, não sente dor nem tem preocupações.
Taquara: — Não. Como a minha deve ser a vida do homem. Infelizmente morrerei, mas hei de renascer nos meus filhos. Eu não faço assim? Observe ao redor de mim. E, como os meus filhos, também os dele terão uma pele mole e branca.
A pedra não teve o que responder à taquara. Zangou-se e foi-se embora. Assim, a vida do homem ficou sendo semelhante à da taquara.

A tartaruga e o gavião

Contam que, nos tempos primitivos, uma tartaruga matara um gavião, que deixou mulher e um filho pequeno. Sempre que o filho ia caçar camaleões, achava penas de pássaros. Chegando em casa, perguntou à sua mãe:

— De quem são as penas que eu acho sempre no mato, quando vou caçar?

— Meu filho, são de teu pai, que morreu.

Calou-se ele e concentrou-se. Cresceu e estava quase moço.

Um dia foi caçar e encontrou umas tartaruguinhas.

Estas disseram-lhe:

— Vamo-nos banhar?

Ele disse:

— Vamos.

Dizem que se banharam e no banho ele queria pegá-las com as unhas. Elas então disseram-lhe:

— Por isso minha avó matou teu pai.

— Agora sei quem, verdadeiramente, matou meu pai.

Cresceu e, quando já grande, disse:

— Vou experimentar minhas forças.

Dizem que experimentou-as no grelo do miriti. Chegou e meteu as unhas para o arrancar. Experimentou, puxou e não o arrancou. Disse:

— Não tenho ainda forças.

Foi outra vez experimentá-las. Então arrancou o grelo e disse:

— Agora já tenho força. Agora vou deveras vingar meu defunto pai. Esperarei a saída da avó das tartarugas.

Dizem que um dia aquela espalhou paricá em cima de uma esteira. Houve depois chuva com vento, e ela disse às netas:

— Vocês vão ajuntar para recolher da chuva o paricá.

As tartaruguinhas não foram, por ser aquele pesado, e por isso chamaram:

— Minha avó, venha ajudar-nos.

A avó saiu e foi ajudar as netas.

O gavião estava vigiando e, vendo-a sair, saltou-lhe em cima e a carregou para um galho de pequiá.

Então a velha tartaruga disse ao gavião:

— Como vou morrer agora, manda chamar teus parentes para que venham me ver morrer.

Vieram, então, todos os parentes do gavião. Chegaram todos os pássaros e ajudaram a matar a velha tartaruga. Os pássaros que a mataram ficaram sarapintados. Outros ficaram vermelhos. Aqueles que beliscaram o casco ficaram com o bico preto; outros, que beliscaram o fígado, ficaram verdes.

Assim acabaram as tartarugas assassinas; assim se acabaram.

Desde então os pássaros ficaram pintados.

O mauari e o sono

Contam que o mauari, querendo matar o sono, esperou num galho de pau.

— Eu vou matar este sono; agora vou vigiar para matá-lo.

Esperou. Não demorou muito tempo. Viu vir um vulto.

— Parece ser o sono que vem.

Dizem que quando o vulto estava já perto, cochilou e, de repente, voou gritando:

— Cuá! cuá! cuá!...

E foi-se embora o mauari.

— Ora veja, meu coração, não soube quando cochilei, mas agora eu o espero outra vez.

Esperou. Então viu, ainda outra vez, perto, uma escuridão que se aproximava.

— Ele aí vem, agora eu o frecho com o meu bico.

Já estava chegando perto quando cochilou; de repente abriu os olhos, assustou-se e foi-se embora, voando a gritar:

— Cuá! cuá! cuá!

Assim acontece todas as noites, desde a mais remota antiguidade.

A festa no céu

Entre todas as aves espalhou-se a notícia de uma festa no céu. Todas as aves compareceriam, e começaram a fazer inveja aos animais e outros bichos da terra incapazes de vôo.

Imaginem quem foi dizer que ia também à festa... O sapo! Logo ele, pesadão e nem sabendo dar uma carreira, seria capaz de aparecer naquelas alturas. Pois o sapo disse que tinha sido convidado e que ia sem dúvida nenhuma. Os bichos só faltaram morrer de rir. Os pássaros, então, nem se fala.

O sapo tinha seu plano. Na véspera, procurou o urubu e deu uma prosa boa, divertindo muito o dono da casa. Depois disse:

— Bem, camarada urubu, quem é coxo parte cedo, e eu vou indo porque o caminho é comprido.

O urubu respondeu:

— Você vai mesmo?

— Se vou? Até lá, sem falta!

Em vez de sair, o sapo deu uma volta, entrou na camarinha do urubu e, vendo a viola em cima da cama, meteu-se dentro, encolhendo-se todo.

O urubu, mais tarde, pegou na viola, amarrou-a a tiracolo e bateu asas para o céu, rru-rru-rru...

Chegando ao céu, o urubu arriou a viola num canto e foi procurar as outras aves. O sapo botou um olho de fora e, vendo que estava sozinho, deu um pulo e ganhou a rua, todo satisfeito.

Nem queiram saber o espanto que as aves tiveram vendo o sapo pulando no céu! Perguntaram, perguntaram, mas o sapo só fazia conversa mole. A festa começou, e o sapo tomou parte de grande.

Pela madrugada, sabendo que só podia voltar do mesmo jeito da vinda, mestre sapo foi se esgueirando e correu para onde o urubu havia se hospedado. Procurou a viola e acomodou-se como da outra feita.

O Sol saindo, acabou-se a festa, e os convidados foram voando, cada um no seu destino. O urubu agarrou a viola e tocou-se para a terra, rru-rru-rru...

Ia pelo meio do caminho quando, numa curva, o sapo mexeu-se e o urubu, espiando para dentro do instrumento, viu o bicho lá no escuro, todo curvado, feito uma bola.

— Ah! camarada sapo! É assim que você vai à festa no céu? Deixe de ser confiado...

E naquelas lonjuras emborcou a viola. O sapo despencou-se para baixo que vinha zunindo. E dizia, na queda:

> — *Béu-béu*
> *Se eu desta escapar*
> *Nunca mais bodas ao céu...!*

E vendo as serras lá embaixo:
— Arreda, pedras, senão eu te rebento!

Bateu em cima das pedras como um jenipapo, espapaçando-se todo. Ficou em pedaços. Nossa Senhora, com pena do sapo, juntou todos os pedaços, e o sapo envivesceu de novo.

Por isso o sapo tem o couro todo cheio de remendos.

O papagaio que faz "cra, cra, cra"

O papagaio que faz "cra, cra, cra" antigamente foi um menino muito guloso. Tinha o costume de engolir a comida sem mastigá-la.

Uma vez sua mãe achou frutos de bato-i, "mangabeira", e assou-os na cinza. O filho comeu tirando-os diretamente do fogo. São frutos cuja polpa viscosa se mantém calidíssima por muito tempo. Comendo-os tão quentes, sapecaram-lhe a garganta, e o menino começou a fazer "cra, cra, cra", esforçando-se por vomitar os frutos comidos. Cresceram-lhe as asas e as pernas; e tornou-se um papagaio que até hoje continua a fazer "cra, cra, cra".

A formiga e a filha

A formiga cosia muitas costuras de ganho e ensinava também a filha a coser. Quando saía, deixava tarefa de costura para ela; mas a bichinha arriava o trabalho, ia para o mato, ajuntava aquela porção de folhas e trazia para casa, começando a cortá-las com a tesoura.

Quando a mãe chegava, que achava aquele montão de folhas cortadas, agarrava-a e dava-lhe muita pancada. Isso era todos os dias. A formiga já não sabia o que fizesse para corrigir a filha. Até que um dia, muito zangada, pegou numa corda e amarrou-a pela cintura ao pé da mesa. Em seguida foi para a rua, trancando a porta.

Tanto fez a formiguinha, tanto sungou, tanto espinoteou que o nó da corda foi-se apertando, arrochando-lhe a cintura, de modo que quase a tora em dois pedaços.

Quando a formiga chegou, que viu a filha naquele estado, com a cintura tão fina devida ao arrocho da corda, teve pena dela e soltou-a.

Mal se apanhou solta, a formiguinha não teve mais conversa. Correu para o mato, e toca a carregar folhas para cortar em casa com a tesoura. Vendo que não podia mais corrigi-la daquele mau costume, a mãe botou-a de casa para fora, dizendo:

— Arre! Vai-te! Tua sina há de ser cortar folhas, até o mundo se acabar.

Por isso é que a formiga saúva só vive cortando folhas para carregar para o formigueiro, tem a cintura tão fina e uma tesoura na cabeça.

O cágado e a fruta

Era um tempo de muita fome. Então apareceu uma árvore cobertinha de frutas maduras. Mas os bichos, como não sabiam o seu nome, não queriam ir comê-las. Reuniram-se todos e disseram que era preciso um deles ir ao céu. Foi um deles ao céu, e Nosso Senhor ensinou o nome da fruta. O bicho, para não esquecer, veio cantando o nome:

— *Mussá, mussá, mussá,*
Mussangambira, mussauê.

No caminho morava uma velha feiticeira. Quando o bichou passou pela porta da velha, perguntou-lhe ela o que andava fazendo, e o bicho então contou-lhe o que se passava. A velha, de má que era, saiu na frente dele, cantando:

— *Munga, selenga, ingambela,*
Vina, quivina, vininim...

O bicho atrapalhou-se e esqueceu o nome da fruta. Lá se foi outro perguntar de novo a Nosso Senhor o tal nome. O mesmo que se deu com o primeiro deu-se com esse e, por fim, com outros muitos que foram ao céu no mencionado propósito: a velha atrapalhava-os com a cantiga, fazendo-os esquecer o nome da fruta. Afinal de contas, foi o cágado. Nosso Senhor ensinou-lhe o nome da fruta, e ele voltou devagar, cantando:

— *Mussá, mussá, mussá*
Mussangambira, mussauê.

Quando foi passando pela porta da feiticeira, esta foi saindo e perguntando, como de costume:
— Aonde vai, cágado?
E o cágado só cantando a sua cantiga, bem de seu, sem se importar com a velha. Tornou a mulher:
–- Aonde vai, cágado?
O cágado só cantando. A velha saiu na frente dele:

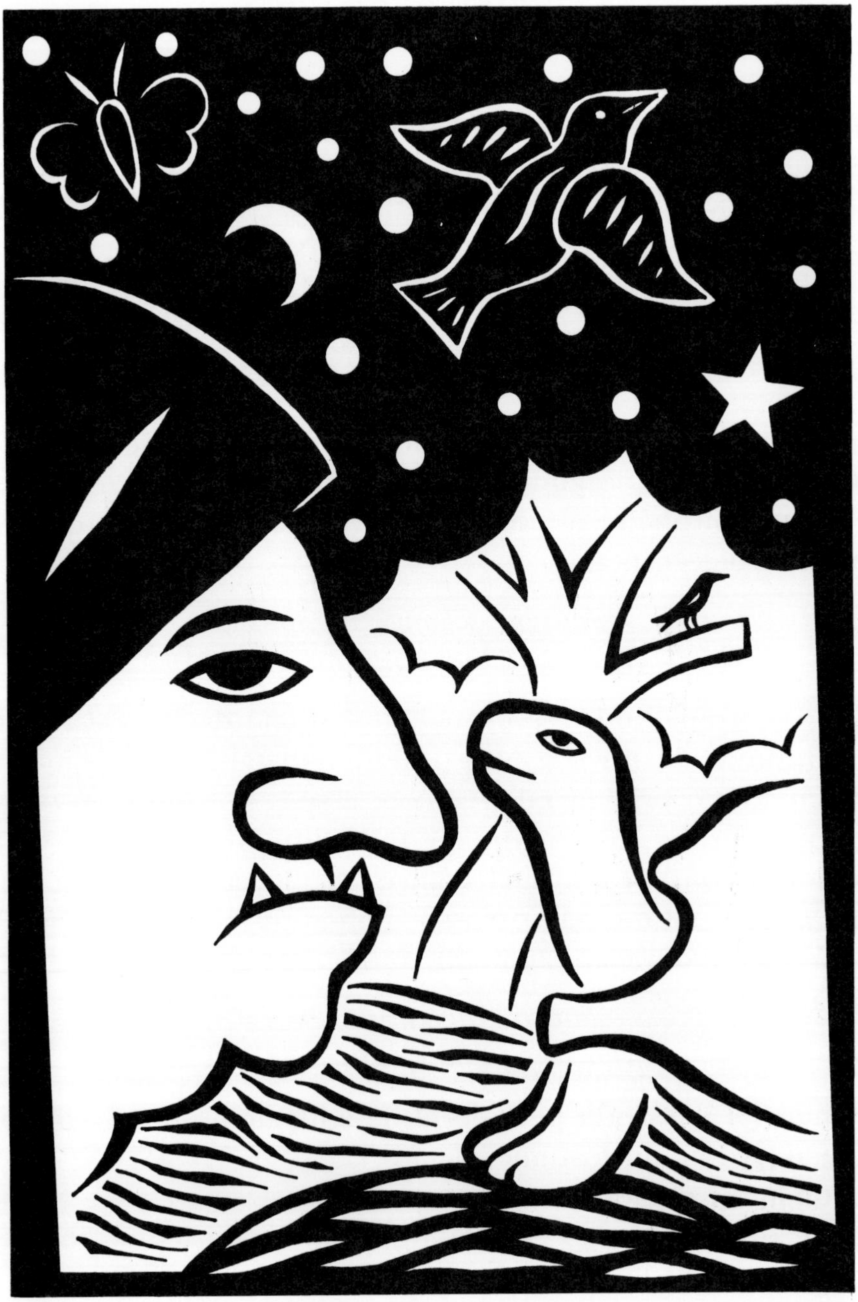

> *— Munga, selenga, ingambela,*
> *Vina, quivina, vininim...*

Mas o cágado nem como coisa. Nada de se atrapalhar, no seu rojão, cantando o nome da fruta. A velha danou-se. Agarrou-o e atirou-o de costas no chão, com toda a força. O cágado virou-se, dizendo:

> *— Arre! Pula!*
> *Cercê, bizê.*

E continuou o seu caminho, sem se esquecer do nome da fruta. Depois de lhe dar muitas quedas, vendo que nada arranjava, a velha foi-se embora fumando de raiva. O cágado chegou onde estavam os bichos e disse-lhes o nome da fruta. Eles, muito contentes, agradeceram ao cágado o grande favor que lhes prestava; mas o pobre ficou com o casco todo arrebentado das quedas que a velha feiticeira lhe deu, como até hoje se vê.

O cavalo castanho

Contam que o diabo é casado e tem uma filha muito bonita. Apaixonou-se por ela um rapaz de valor, esquecido dos conselhos do seu anjo da guarda. A moça correspondeu a esse afeto, e, em pouco tempo, tornaram-se noivos. Quando o diabo soube da história, ficou indignado: trancou a filha a sete chaves numa torre de ferro, dentro do seu reino, a fim de evitar tal casamento. Assim que recebeu a notícia, o rapaz montou no seu famoso "cavalo de campo castanho-escuro, sem sinal descoberto nem encoberto", como dizem os sertanejos, e dirigiu-se ao inferno, decidido a tudo.

Chegou lá na hora em que os diabos dormiam, abriu ardilosamente as portas da torre, pôs a moça na garupa e fugiu a todo galope. Quando, ao acordar, o diabo soube do acontecimento, teve um violento acesso de fúria. Mandou selar um de seus melhores cavalos e lançou-se em perseguição aos fugitivos. A moça, que ia sentada à garupa do namorado e podia voltar-se para trás, avistou ao longe o vulto do pai. Preveniu-o, e ele esporeou a cavalgadura, perguntando:

— Em que cavalo vem teu pai?

— Num gáseo — respondeu ela.

Ele então comentou rindo:

— Cavalo gáseo sarará não presta nem prestará.

Sentindo escapar-lhe a presa, o demônio muda de cavalo, e a moça previne o noivo, que indaga:

— Em que cavalo vem teu pai?

— Num alazão.

Aí ele disse:

— Trazes o freio na mão onde deixaste teu alazão.

A essa altura o demônio torna a mudar de cavalo, ainda esperançoso de alcançá-los.

— Em que cavalo vem teu pai?

— Num bebe-em-branco.

— Quem monta em bebe-em-branco monta em cavalo manco — o moço caçoou.

Ainda dessa vez o perseguidor escolhe novo animal.

A pergunta é a mesma:

— Em que cavalo vem teu paí?

— Num cardão rodado.

— Cavalo cardão rodado melhor andando que parado.

Nova mudança por parte do diabo. O diálogo entre os dois continua:

— Em que cavalo vem teu pai?

— Num ruço-pombo.

— Cavalo ruço-pombo traz pisadura no lombo.

Mais uma vez a cena se repete:

— Em que cavalo vem teu pai?

— Num melado-caxito.

Cavalo melado-caxito tanto é bom como é bonito.

Apesar de esse animal ser mesmo bom e bonito, nada mais adiantava ao demônio. Os noivos haviam chegado à face da Terra e se refugiavam numa igreja, onde casaram.

O diabo voltou ao seu reino, aborrecido e fatigado. Ao entrar em casa, sua mulher indagou:

— Alcançou-os?

— Não. Foi impossível.

— Por quê?

— Porque montavam um cavalo castanho-escuro que pisa no mole e no duro e leva o dono seguro!

A vitória-régia

Os velhos pajés das tribos da Amazônia contavam que a Lua, todas as vezes que desaparecia por detrás das serras, escolhia uma jovem índia, transformando-a em estrela, que passava a brilhar no céu.

Naiá, moça indígena, filha de valente cacique, nascera branca como o leite, tendo bela cabeleira mais ruiva que as espigas de milho.

Naiá desejava ardentemente ser escolhida por Jaci, a Lua, para ser transformada numa estrela cintilante.

Mas a Lua não ouvia seus pedidos, e a moça, muito triste, começou a definhar. Os pajés tudo fizeram para curá-la, sem resultado.

Todas as noites, a jovem índia saía de sua oca, caminhando até amanhecer o dia, na esperança de ser vista e escolhida por Jaci.

Certa noite, quando já estava cansada de andar, Naiá, sentando-se à beira de um lago sereno, viu a imagem de Jaci refletida no espelho das águas. Atraída pela luz da Lua, a índia atirou-se ao lago, desaparecendo. Semanas inteiras a jovem foi procurada pela gente da tribo. Naiá, porém, não reapareceu.

Jaci, a pedido dos peixes e das plantas do lago, transformou-a numa estrela, não para brilhar no céu, mas nas águas: a bela flor que abre suas longas pétalas à luz da Lua e que se chama vitória-régia.

Lenda do caverá

Errava em tempos remotos, na serra do Caverá, uma numerosa tribo de índios Charrua, ora passando para a banda oriental e ora nas ditas paragens sul-rio-grandenses. Nessa serra, nas caídas para um grande banhado, conta-se que há uma profunda gruta, a qual os moradores denominaram Gruta Fatal, por haverem caído pessoas nela sem salvação. Próximo a esse sítio, uma tarde, acampou a tribo referida, a qual tinha por chefe o valente guerreiro Camaco, cuja esposa era a encantadora índia Ponain. Era costume entre os índios, antes de cerrar a noite, fazerem uma descoberta nos arredores do campo, a fim de verificarem a existência ou não de inimigos próximos. Para esse serviço, depois de haverem armado as casas portáteis, de esteiras, que traziam nos dorsos dos cabayus, cavalos, mandou o chefe Camaco um lote de índios. Ao aproximarem-se os descobridores das costas do banhado e da abertura da gruta referidas, avistaram eles um bando de lindos cervos a pastarem, destacando-se entre os ditos animais um belo tipo cujo pelo fulvo tinha o brilho metálico. Já estando, porém, muito próxima a noite, os índios, sem dar caça aos cervos, voltaram para o acampamento e deram parte ao cacique, declarando não encontrarem novidade e somente o garboso bando de cervos, salientando-se entre eles o lindo animal já descrito. Tendo-os ouvido atentamente, disse o destemido chefe:

— Esse cervo só a mim compete bolear, para fazer presente do couro dele à minha amada Ponain em paga do amor que ela me tem. Ponain, ouvindo-o, disse-lhe:

— Não é preciso para me dares prova que me amas trazer-me o couro desse animal; eu já tenho certeza do teu amor e para meu caipi, coberta, já tenho um couro de jaguaretê, tigre, que me deste. Não vás bolear esse cervo porque ele não é animal, é anhá, o diabo. Camaco, porém, alegre pela notícia, não prestou atenção às palavras de Ponain e ordenou aos guerreiros índios para estarem prontos de madrugada, a fim de irem bolear o cervo berá, brilhante. Tendo assim disposta a gente, em hora aprazada partiram. Ao aproximarem-se do banhado, avistaram logo o bando de cervos pastando,

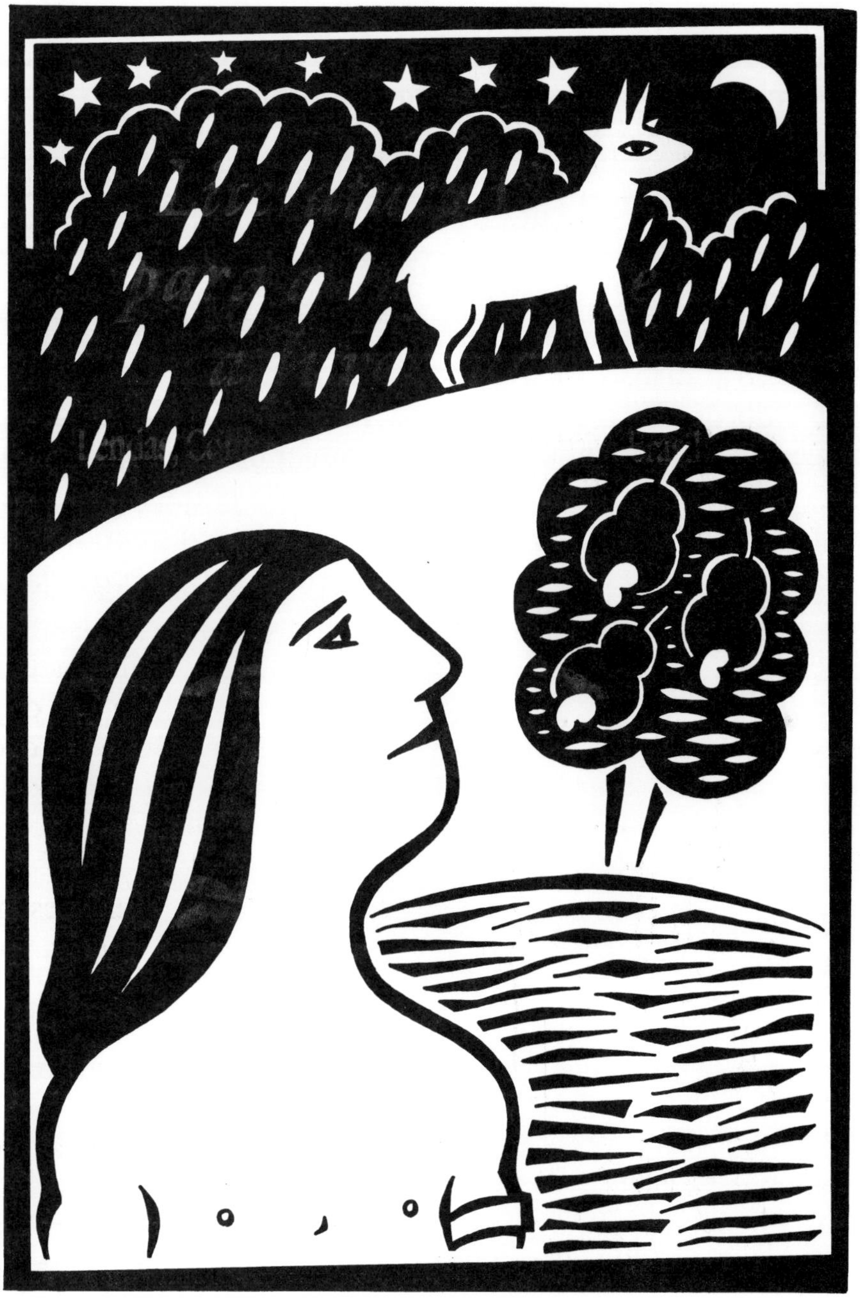

destacando-se entre eles, pelo porte elegante e pelo brilho, o lindo animal cobiçado pelo cacique. Em um momento Camaco e os guerreiros índios estenderam uma linha entre o banhado, tirando os animais campo afora. E, isto feito, o chefe fez o cavalo e, quando se viu ao alcance do tiro de boleadeiras, imprimiu, a toda a disparada, a rotação nas pedras e soltou-as. Na mesma ocasião, os índios viram levantar-se uma grande cerração, e os guerreiros, orientando-se de novo, puseram-se à procura do seu amado cacique, sem que fosse possível encontrá-lo. E, desacoroçoados, voltaram ao acampamento a dar parte a Ponain da triste ocorrência, como de fato deram. A formosa índia, ao ouvi-los, desatou em prantos e soluços e, num ápice, saltou no seu belo e manso cabayu e, acompanhada dos índios, dirigiu-se ao lugar do desastre. Só à inditosa Ponain, ferida profundamente pela perda do ser amado e com grande poder de observação feminina, foi dado encontrar a Gruta Fatal e, na boca ou entrada desse antro, o profundo rastro do resvalamento do cavalo do seu querido Camaco, que ali caíra sobre o dorso do animal, desaparecendo com ele.

Negrinho do pastoreio

Havia um estancieiro cruel para os escravos e para a peonada. Uma feita, comprou ele uma boa ponta de novilhos; era inverno rigoroso e fazia frio de rachar. Esse gado, para ser aquerenciado no campo da estância, mandou ele pastoreá-lo por um crioulito de catorze a dezesseis anos. Quando chegava o entrar do Sol, trazia o crioulito o gado do pastorejo e o encerrava no curral, sendo de antemão contados os ditos animais pelo estancieiro.

Um dia, na contagem, deu ele falta de um novilho e sem mais demora encostou o cavalo no da pobre criança e deu-lhe a valer com grosso e pesado relho, deixando-lhe o corpo seminu e cheio de lanhos a correr sangue. E depois que bateu barbaramente, à vontade, nas costas do infeliz, disse-lhe:

— Vai me dar conta do novilho ou, do contrário, verás o que te acontece.

Ao ouvir a ordem do cruel senhor, o crioulo deu de rédeas ao cavalo e partiu à procura do novilho. Não caminhou ele muito tempo para avistá-lo pastando em uma coxilha. Ao lançar-lhe as vistas, desatou um frágil laço dos tentos, fez a armada e serrou pernas no cavalo, e, aproximando-se do novilho à distância necessária, atirou o laço certeiramente, laçando-o. Em poucos tirões secos que deu o animal altaneiro, partiu-se o laço, e saiu ele à disparada, sem que, por mais empenho que fizesse o crioulo, fosse possível fazê-lo dar volta. Desenganado, o desditoso preto voltou, dando parte ao cruel senhor. Este amarrou-o de pés e mãos e, depois de tornar a dar-lhe muito, fez abrir um formigueiro e deitou-o nu entre as formigas.

No dia seguinte, vindo ele ver a sua vítima para continuar o cruel castigo, sendo acompanhado pelas pessoas da estância, ao aproximarem-se do formigueiro, viram, ele e os demais presentes, erguer-se uma nuvem e, envolvido nela, subir o mártir ao céu, desaparecendo.

Desde então os camponeses consideraram a vítima um santo e começaram a dirigir-lhe promessas. E ficou entre eles esse uso: quando perdem qualquer coisa útil, prometem logo velas ao Crioulo do Pastoreio, as quais costumam acender ao acharem o objeto perdido.

O monge da serra da Saudade

Há muitos anos, há muitos anos, houve por aqui um monge velho que percorria as estradas da redondeza, pedindo para os pobres e repartindo as esmolas que granjeava com os mendigos e gente necessitada dos lugares por onde passava. O monge, de longas barbas muito brancas, vestindo uma chimarra quase esfrangalhada, amparado ao bordão, com uma caixa a tiracolo, lá ia de jornada em jornada; mas, como tinha o pouso certo no alto da serra, sempre por algum tempo a ela voltava e nela assistia, dias e dias, celebrando num altar que armava sobre uma laje enfeitada de flores. A ouvir a missa do monge da serra da Saudade acudia gente de todos os pontos próximos e mesmo distantes, e não havia quem não lhe desse fama de santo, por causa dos milagres que fazia, curando os enfermos com a água milagrosa da fonte ali existente.

Um dia o monge desapareceu. Teria morrido? Soube-se, então, que um caçador bisonho e desconhecido no lugar penetrara na serra por uma madrugada escura, tomara o monge por um bugio e nele desfechara a arma homicida.

Os milagres, entretanto, continuavam a verificar-se à invocação do monge, e a fonte continua até hoje a ser procurada pelos enfermos que julgam santas aquelas águas a brotarem da pedra sobre uma linda bacia de granito, que se enche sem nunca extravasar e sem se saber por onde o líquido encontra seu natural escoadouro.

Do monge sabe-se, e contam os que o têm visto, que, ao primeiro sinal de madrugada, aparece no alto da serra, em frente de um altar que surge de improviso, e mostra-se a celebrar, com um anjo ao lado a servir-lhe de sacristão. Um invisível sino repica, e o viajante para, atônito, contemplando aquela maravilha no encantamento do mistério.

Contos

Dom Maracujá

Era um dia um sujeito muito sovina. Tendo comprado um boi para abater e não querendo repartir-lhe o fato com os vizinhos, disse que ia matá-lo num lugar onde não houvesse moscas nem mosquitos. Pegou o cavalo, botou os meninos dentro dos caçuás, amarrou o boi e saíram puxando-o, ele mais a mulher. Andaram o dia inteirinho. Quando já ia escurecendo, deram naquele campo muito grande. Olhou ao redor e não viu casa nem nada. Assim, não tinha onde mandar pedir lume para fazer o seu fogo, que era para preparar o de-comer. Afinal, enxergou duas luzinhas muito longe. Disse ao filho mais velho:

— Menino, vai ali pedir um tição de fogo.

A criança saiu correndo. Quando estremeceu, estava em cima daquele bichão, com os olhos que eram duas tochas. Tremendo de medo, foi dizendo:

— Abença! Papai mandou dizer pra vosmincê ir tomar o fato do boi.

O bicho levantou-se, sacudiu as orelhas — paco, paco, paco — e gritou:

> — *Matei tigre, matei onça,*
> *Matei leão, matei serpente.*
> *Eu sou dom Maracujá!*
> *Eu sou dom Maracujá!*

O menino voltou voando. Foi chegando perto do pai e foi gritando:

— Meu pai, meu pai! Vamos embora. Aí vem um bicho botando fogo pelos olhos, que vem desesperado. Se ele nos pegar aqui, nos come a nós todos.

O homem largou o boi, largou o cavalo, caçuás, comida, tudo, metendo o pé no mundo com a mulher e os filhos. Toca a correrem. Toca a correrem, ouvindo a voz do bicho atrás deles:

> — *Matei tigre, matei onça etc.*

Correram a noite inteira. Já era de madrugada, e eles não podiam mais dar um passo, de cansados, quando passaram pela tenda de um sapateiro, que estava fazendo serão. Vendo-os naquela carreira doida, em termo de morrerem sem fôlego, o sapateiro gritou:

— O que é isto, senhor? Aonde vai a esta hora, com essa mulher e esses meninos, correndo de semelhante jeito?

— Ai, meu senhor, é um bicho que vem aí atrás para nos pegar.

— Entre aqui pra dentro e esconda-se com o seu povo.

O sapateiro, que morava naqueles desertos, vivia sempre prevenido. Botou uma carga de chumbo bem grande na espingarda e disse:

— Deixe o bicho vir pra cá.

Quando viu aquele monstro de bicho, botando fogo pelos olhos, chegou a espingarda bem para junto de si. Depois passou a mão na faquinha e começou a cortar sua sola, assoviando. Lá vem o bicho com a sua lacantina.

> — *Matei tigre, matei onça etc.*

Foi chegando perto da tenda e foi gritando:

— Oh! seu sapateiro! Você não viu passar por aqui um homem, uma mulher e uns meninos correndo?

O sapateiro assoviando. O bicho chegou-se mais e repetiu a pergunta. O sapateiro bem de seu. Quando o bicho foi querendo entrar na tenda, ele bateu mão na taboca, e — pou! O bicho revirou de pernas para o ar, dando um urro, que estrondou. Gritou o sapateiro:

— Me ajude aqui, senhor...

Saiu o homem de lá de dentro, com a mulher e os filhos, fazendo a festa ao bicho, de pau e de pedras. Quando acabaram de matá-lo, arrastaram-no para longe, a fim de os urubus darem cabo dele. O homem, então, contou ao sapateiro tudo quanto se tinha passado. Disse-lhe o sapateiro:

— Pois bem, meu amigo, siga descansado para sua casa e nunca mais vá matar boi em lugar onde não haja moscas nem mosquitos.

O homem deixou de ser cauila. Matava os seus bois em sua casa mesmo, repartindo o fato com todos os vizinhos.

O caipora

Havia um homem que era muito amigo de caçar. O maior prazer de sua vida era passar dias inteiros no mato, passarinhando, fazendo esperas, armando laços e arapucas. De uma feita, estava ele de tocaia no alto de uma árvore, quando viu aproximar-se uma vara de porcos-do-mato. Com a sua espingardinha derrubou uns quantos. No momento, porém, em que se preparava para descer, satisfeitíssimo com a caçada que acabava de fazer, ouviu ao longe os assovios do caipora, dono, sem dúvida, dos porcos que matara.

O nosso amigo encolheu-se todo em cima do jirau que armara lá na forquilha da árvore, para esperar a caça, e ficou quietinho, como toucinho no sal. Daí a pouco apareceu o caipora. Era um molequinho, do qual só se via uma banda, preto como o capeta, peludo como um macaco, montado num porco magro, muito ossudo, empunhando um ferrão comprido como quê. Vinha fazendo um alarido dos pecados, assoviando, gritando que nem um danado, numa voz muito fanhosa:

— Ecou! ecou! ecou!...

Dando com os porcos mortos, estirados no chão, começou a ferroá-los com força, dizendo:

— Levantem-se, levantem-se, preguiçosos! Estão dormindo?

Eles levantavam-se depressa e lá se iam embora, roncando. O último que ficou estendido, maior de todos, custou mais a se levantar. O caipora enfureceu-se. Ferroou-o com tanta sustância que quebrou a ponta do ferrão. Foi então que o porco se levantou ligeiro e saiu desesperado pelo mato afora, no rumo dos outros. Guinchou o caipora:

— Ah! tu istá fazeno manha também? Deix'istá, qui tu mi paga. Pur tua causa tenho que i aminhã na casa do ferrero pra cunsertá meu ferrão.

E lá se foi embora, com a sua voz fanhosa e esganiçada:

— Ecou! ecou! ecou!...

Passado muito tempo, quando não se ouviam mais nem os gritos nem os assovios do caipora, o homem desceu depressa, correndo até em casa. No outro dia, logo cedinho, botou-se para a tenda do ferreiro, o único que havia por aquelas redondezas. Conversa vai, conversa vem, quando, lá para um pedaço do dia, o sol já bem alto, chegou à porta da tenda um caboclo baixote, entroncado de corpo, com o chapéu de couro desabado sobre os olhos. Foi chegando e dirigindo-se ao ferreiro:

— Bom dia, meu amo. Vancê mi cunserta aqui este ferrão? Tou cum munta pressa...

— Ih! caboco, dipressa é qui num pode sê, apois num tem quem toque o foles. Tou equi inté o ponto desthora sem trabaiá, pru via disto mesmo.

Saltou mais que depressa o caçador, que maldara logo ser o caboclo o caipora da véspera, o qual se desencantara para vir à casa do ferreiro, como prometera:

— Eu toco, seu meste.

— E tu sabe?

— Sempe arranjo um tiquinho. Conto mais quisso num tem sabença.

O ferreiro acendeu a forja, mandando o caçador tocar o fole. O homem, então, pôs-se a tocá-lo devagar, dizendo compassadamente:

> — *Quem anda no mato*
> *Vê muita coisa...*

Depois de algum tempo, o caboclo avançou para ele, empurrou-o brutalmente para uma banda e disse:

— Sai daí, qui tu num sabe tocá. Dá cá isso...

Começou a tocar o fole depressa, dizendo:

> — *Quem anda no mato,*
> *Qui vê munta cousa,*
> *Tombém cala a boca,*
> *Tombém cala a boca.*

O caçador aí foi-se escafedendo devagarinho, e abriu o chambre. Nunca mais atirou em porcos-do-mato, nem deu com a língua nos dentes a respeito do que vira.

A mãe-d'água

Era um homem muito pobre, que tinha sua plantação de favas na beira do rio; quando, porém, elas estavam boas de colher, não apanhava uma só, porque, da noite para o dia, desapareciam. Afinal, cansado de trabalhar para os outros comerem, tomou a resolução de ir espiar quem era que lhe furtava as favas.

Um dia, estava de espreita, quando viu uma moça, bonita como os amores, no meio do faval, abaixo e acima, colhendo as favas todas. Foi, bem sutil, bem devagarinho, e agarrou-a, dizendo:

— Ah! É você que vem aqui apanhar as minhas favas? Você agora vai é para a minha casa, para se casar comigo.

Gritava a moça, forcejando por se libertar das unhas do homem:

— Me solte! Me solte, que eu não apanho mais as suas favas, não.

Porém o homem sem querer largá-la. Finalmente disse a moça:

— Está bem. Eu me caso com você, mas nunca arrenegue de gente de debaixo d'água.

O homem disse que sim. Levou-a e casou-se com ela. Tudo quanto possuía aumentou como milagre, num instante. Fez logo um sobrado muito bom, comprou escravos, teve muitas criações, muitas roças, muito dinheiro, enfim.

Depois de passado bastante tempo, a mulher foi ficando desmazelada, que uma coisa era ver, e a outra, contar. Parecia de propósito. Não dava comida aos filhos, que viviam rotos e sujos. A casa estava sempre desarrumada, cheia de cisco. Os escravos, sem ter quem os mandasse, não cuidavam do serviço e só andavam brigando uns com os outros. Ela, descalça, com o vestido esfarrapado, os cabelos alvoroçados, levava o dia inteiro dormindo.

Enquanto o pobre do homem estava na rua, nos seus negócios, estava sossegado; mas, assim que punha o pé dentro de casa, era uma azucrinação em cima dele que só lhe faltava endoidecer. Choravam os meninos, com fome:

— Papai, eu quero comer... Papai, eu quero comer...

Os escravos:

— Meu senhor, fulano me fez isto. Beltrano me fez aquilo.

Um inferno! Vivia zonzo de tal forma que pouco parava em casa. Um dia, muito aporrinhado da vida, disse baixinho:

— Arrenego de gente de debaixo d'água...

Aí a moça, que só vivia esperando por aquilo mesmo para ir-se embora, porque ela era a mãe-d'água e andava doida por voltar para o seu rio, levantou-se mais que depressa e foi saindo pela porta afora, cantando:

> — *Zão, zão, zão, zão,*
> *Calunga,*
> *Olha o munguelendô,*
> *Calunga,*
> *Minha gente toda,*

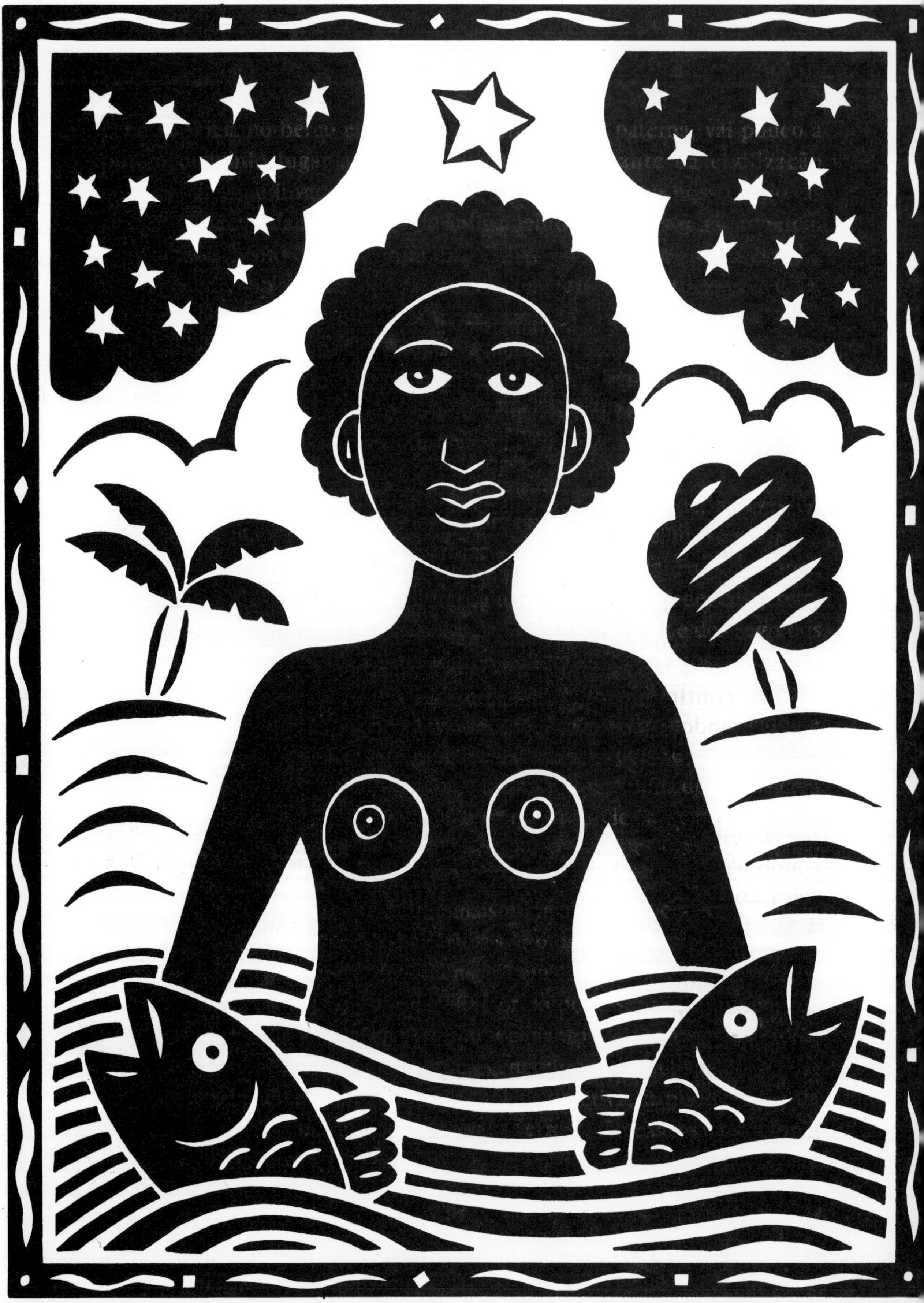

> *Calunga,*
> *Vamo-nos embora,*
> *Calunga,*
> *Para a minha casa,*
> *Calunga,*
> *De debaixo d'água,*
> *Calunga,*
> *Eu bem te dizia,*
> *Calunga,*
> *Que não arrenegasses,*
> *Calunga,*
> *De gente de debaixo d'água,*
> *Calunga.*

O homem, espantado, gritou:

— Não vá lá não, minha mulher!

Mas qual! Em seguida à moça, foram saindo os filhos, os escravos e criações: bois, cavalos, carneiros, porcos, patos, galinhas, perus, tudo, tudo. E o pobre do homem, com as mãos na cabeça, gritando:

— Não vá lá não, minha mulher!

Ela, continuando o seu caminho, nem ao menos olhava para trás, cantando sempre:

> — *Zão, zão, zão, zão,*
> *Calunga etc.*

Depois da gente e dos bichos, foram saindo pela porta afora a mobília, a louça, as roupas, os baús e tudo o que estava em cima deles, comprado com o dinheiro dela. O homem correu atrás, vestido já na sua roupa do tempo em que era pobre, gritando:

— Não vá lá não, minha mulher!

Foi o mesmo que nada. Por fim, acompanharam-na a casa, telheiros, galinheiros, cercados, currais, plantações, árvores e o mais. Chegando à beira do rio, a moça e todo o seu acompanhamento foram caindo n'água e desaparecendo.

O homem foi viver pobremente, como dantes, do seu faval. Também nunca mais a mãe-d'água buliu na sua roça.

O menino e o assovio

No tempo em que os bichos falavam, um menino foi para a fonte com sua mãe e levou o seu assovio, que tocava de noite para as meninas dançarem. Quando voltou para casa, esqueceu-se do assovio na fonte. A mãe dele disse que não fosse mais na fonte buscar o assovio, porque já era tardinha e os bichos começavam a andar pelo caminho; porém o menino teimou e foi.

Os bichos, vendo-o passar para a fonte, combinaram ficar escondidos dentro do mato para, quando ele voltasse, agarrarem-no e comerem-no. Voltando o menino, eles saíram do mato e rodearam-no, perguntando-lhe o que era que estava fazendo àquelas horas por ali. O menino disse que tinha ido buscar o seu assovio na fonte, para tocar de noite, para as meninas dançarem. O menino meteu o assovio na boca e tocou:

— *Filelê, filelê,*
Babamin-ocu, filelê.

Saiu a onça para dançar. Dançou, dançou até não querer mais e depois se meteu no mato. Aí, saiu outro bicho da roda; mais outro, mais outro, e assim saiu uma porção de bichos. Dançavam por muito tempo, metendo-se em seguida no mato. O menino, coitado, já estava que não podia mais tocar, de cansado.

O macaco, quando saiu na roda, fazia:

— *Quiticão, quiticão,*
Tocá, tocá,
Dançá, muito,
Tocá, tocá.

Ficou o carneiro por último. Tomou o assovio da mão do menino, mandou-o embora e pôs-se a tocar. O menino já estava lá em sua casa, bem descansado, e o carneiro tocando. Os bichos danados, dentro do mato, com vontade de comer o menino, diziam:

— Amigo carneiro está dançando muito. Daqui a pouco nós comemos também amigo carneiro.

Quando o carneiro ficou aborrecido de tocar, avoou o assovio no mato e foi-se embora. Vendo tudo calado, os bichos saíram do mato e não encontraram mais nem menino, nem carneiro, nem nada.

Deus é bem bom...

Havia um pescador, casado, pobre como Jó, mas que vivia com sua mulher, sempre alegre e satisfeito, dizendo:

— Deus é bem bom, mulher!

— Bem bom, marido! — respondia ela.

Todas as vezes que eles iam vender peixe no palácio do rei, este, que não gostava de ouvir falar no nome de Deus, ficava aborrecido com aquela cantilena dos pobres pescadores. Um dia, disse o rei consigo:

— Deixem estar, que eu faço vocês acabarem com esse "Deus é bem bom..."

De uma feita, quando o pescador foi vender o seu peixe, o rei pegou numa joia muita rica e disse-lhe:

— Toma esta joia e me guarda ela até o dia em que eu te pedir.

Assim que o pobre saiu, o rei mandou um criado acompanhá-lo de longe para ver onde ele guardava a joia, roubando-a depois e atirando-a ao mar. Isso mesmo o criado fez. Quando o pescador chegou na choupana, foi dizendo à mulher:

— Deus é bem bom, mulher!

— Bem bom, marido!

Em seguida, contou o que lhe havia acontecido em palácio, rematando:

— Onde é que a gente vai guardar esta joia aqui? Pode chegar um ladrão e roubar ela. Depois, nem nós vendidos temos dinheiro para comprar outra.

Afinal saíram pela praia e, chegando a um pé de coqueiro, cavaram um buraco bem fundo, no qual deitaram a joia, metida dentro de um saquinho. Em seguida, taparam bem o buraco. Quando acabaram o trabalho, disse o homem:

— Deus é bem bom, mulher!

— Bem bom, marido!

E, satisfeitíssimos, foram embora. O criado do rei, que estava escondido, espiando onde eles iam esconder a joia, quando o pescador e a mulher já estavam bem longe, cavou de novo o buraco, tirou a joia, sacudiu-a ao mar e correu para o palácio.

Ora, meu senhor, lá continuaram os dois pobres muito contentes da vida, sempre com o "Deus é bem bom" na boca. Dias depois, o rei mandou-os chamar e ordenou-lhes que fossem buscar a joia que lhes dera para guardar.

— Deus é bem bom, mulher!

— Bem bom, marido! — diziam eles, descendo as escadas do palácio.

Encaminharam-se para o lugar onde haviam enterrado a joia. Lá chegando, cavaram, cavaram, sem nada encontrar. Puseram as mãos na cabeça, exclamando:

— Estamos perdidos! O rei nos manda passar o cutelo.

Saíram por ali afora, chorando, sem, contudo, deixarem de afirmar:

— Deus é bem bom, mulher!

— Bem bom, marido!

Chegando em casa, não tiveram mais coragem para nada. Passado algum tempo, o homem disse:

— Mulher, eu sei que só nos espera a morte. Vamos nos despedir dos nossos peixes.

Chegando no mar, deram um lanço e pegaram uma pescada grande e gorda, que fazia gosto. Então voltaram para casa, dizendo um para o outro, na forma do costume, que Deus é bem bom. Em casa, o pescador propôs:

— Mulher, vamos tratar esta pescada para nós comer. Quando acabar, vamos nos apresentar ao rei. Ao menos havemos de morrer com a barriga cheia.

A mulher escamou o peixe e, quando lhe passou a faca na barriga para abri-la, sentiu uma coisa ranger, perguntando de si para si o que seria aquilo. Abrindo a barriga da pescada, encontrou a joia do rei dentro dela. Gritou a pobre, doida de alegria:

— Deus é bem bom, marido! Olha aqui a joia do rei, meu senhor! Deus é bem bom, marido!...

— Bem bom, mulher!

Cozinharam o peixe, comeram, descansaram bem, depois coseram a joia num cinto, bem cosida. O homem amarrou o cinto ao corpo, e lá se foram os dois para o palácio, dando pinotes de contentamento. Assim que o rei os foi avistando, foi logo perguntando:

— Cadê a minha joia?

O homem desabotoou o cinto, descoseu-o, tirou a joia, apresentou-a ao rei, que ficou friinho de espanto vendo semelhante coisa. Então intimou-os, sob pena de morte, a contarem como tinham encontrado a joia, referindo os dois o que se havia passado.

O rei, convencido de que Deus é mesmo bom, mandou-os embora, depois de lhes ter dado tanto dinheiro que chegou para eles passarem descansados o resto da vida, sempre contentes e dizendo sempre:

— Deus é bem bom, mulher!

— Bem bom, marido!

Ladainha nos ares

Conta-se que um papagaio fora apanhado no mato, ainda quando mal voava, e trazido para uma próspera casa do campo fora, habitada por gente mui trabalhadora e devota.

Aprendera a ave a falar o "papagaio real" e, decorrido não muito tempo, começou a tagarelar a ladainha de Nossa Senhora que ouvia a família rezar.

Todas as noites, prestava atenção, bem quieto, à reza feita por aquela gente e, na manhã seguinte, cada vez com mais clareza, repetia uma boa parte da oração.

E achavam isso interessante, curioso e agradável os velhos e se divertiam com isso as crianças.

Andava por toda a casa e subia por toda a parte e lhe pediam uns os pés e outros o animavam.

Tão manso já estava o auriverde trepador que até já deixava que se lhe tocasse a preta, seca e macia língua.

Deixaram de aparar-lhe, portanto, as asas, de modo que o falante voador começou a voar às árvores baixas, depois às mais altas, sem que ninguém se importasse com isso, devido à confiança que já inspirava pela sua mansidão.

Um belo dia, passou voando por cima da casa um bando de papagaios, tendo muitos deles descido aonde estava o seu companheiro manso, que se alegrou, arrepiando as lindas penas, batendo as lindas asas e secundando os gritos dos seus semelhantes: "Curaú! Curaú! Curaú!"

Logo que as meninas que dele cuidavam tiveram conhecimento da má companhia em que estava, gritaram, atirando pedras para afugentá-la, mas o papagaio manso, seduzido por todos aqueles que o rodearam, bateu com eles as asas e se incorporou ao bando que passava.

Certa tarde, depois de alguns meses, uma algazarra clamorosa e entrecortada enchia o espaço.

— Ladainha nos ares!

Era o papagaio amansado que passava inesperadamente, pela primeira e derradeira vez, por cima da casa, à frente de um bando enorme de companheiros de todas as idades, certamente aquele a que se havia incorporado no dia de sua fuga.

E passava tirando a ladainha, cujo "ora pro nobis" era respondido numa retumbante algazarra semelhante às vozes de muitas buzinas, cada uma em seu tom, que fazia o observador compreender que todos, sem exceção, respondiam com precisão às santas invocações, desde os acólitos do papagaio emancipado até os últimos bandos retardatários.

A bela e a fera

Era uma vez um rico mercador que tinha três filhas, cada qual mais bela. Depois empobreceu e foi morar longe da cidade, onde pudesse esconder a vergonha de sua pobreza. As filhas mais velhas ficaram muito tristes com isso, por não poderem mais sustentar o luxo de que tanto gostavam. A mais nova, que se chamava Bela, acomodou-se à sorte e tudo fazia por consolar o velho pai.

Vai senão quando, o mercador teve notícias de um bom negócio numas terras muito distantes e, para tentar ainda o fado, partiu para lá. Ao despedir-se, perguntou às filhas o que queriam que lhes trouxesse, caso fosse feliz nos negócios.

A mais velha disse que queria um rico piano; a do meio pediu um vestido de seda; e a mais nova respondeu que não pretendia nada, senão que ele fosse muito feliz e a abençoasse.

O pai, que esta era a filha que ele mais prezava, insistiu com Bela para que escolhesse também alguma prenda.

Vai a moça disse:

— Pois bem, meu pai, quero que me traga a mais linda rosa do mais lindo jardim que o senhor encontrar.

O mercador partiu, e não lhe correram os negócios como esperava. Vinha regressando muito acabrunhado, em noite tenebrosa, sem mais esperanças de encontrar pousada, quando, em meio de um bosque, viu brilharem muitas luzes. Tocou para lá. Era um rico castelo. Bateu à porta longo tempo:

— Ó de casa! — e ninguém respondeu.

À vista disso, foi entrando e percorrendo toda a casa sem lhe aparecer viva alma. Por fim, viu surgir um criado de farda que lhe veio dizer que o jantar estava à mesa. O hóspede foi para a sala de jantar e lá encontrou um perfeito banquete. Comeu com apetite. Mas não tornou mais a ver o criado, senão quando este o veio avisar de que eram horas de dormir, mostrando-lhe em seguida o mais belo quarto que se podia imaginar.

Estava muito admirado de tudo quanto via e achava tudo aquilo muito misterioso; mas, enfim, estava fatigado e com sono. Adormeceu sonhando com a sua filha Bela.

De manhã, ergueu-se disposto a continuar a viagem. Saiu para o pátio, a fim de tomar o animal, mas, quando avistou o jardim do castelo, lembrou-se logo do pedido de Bela e, como visse a mais linda rosa que jamais seus olhos haviam contemplado, foi logo colhê-la. Quando a teve nas mãos, pensando no contentamento que ia dar à filha, surgiu de súbito um monstro, uma fera horrível, com estas palavras:

— Ah!... desgraçado! Em paga de eu te haver acolhido em meu palácio, vens roubar-me o meu sustento! Pois não sabes que eu me alimento só de rosas?

— Eu não sabia — respondeu o mercador muito vexado. — Errei, confesso. Mas eu queria levar esta flor à milha filha mais nova, que me pediu de lembrança a mais linda rosa que eu encontrasse. Posso, entretanto, restituir-lha. Aí a tem.

— Não; leve a flor, mas com a condição de trazer-me aqui a primeira criatura que avistar em sua casa quando chegar.

Como não tinha outro remédio, o mercador aceitou a condição imposta e partiu com a flor.

Em caminho ia pensando no caso, mas estava certo de que tudo se resolveria bem, porque a criatura que sempre vinha ao seu encontro era a cachorrinha da casa. Assim não aconteceu. Ao chegar, a primeira criatura que ele avistou foi sua filha Bela, a quem entregou a rosa, contando-lhe tudo o que havia acontecido e lamentando a sua infelicidade.

— Lá por isso não seja, meu pai, pois irei, e a Fera há de se apiedar de nós.

No outro dia foram ter ao castelo, onde tudo se passou como anteriormente.

Quando, pela manhã, a moça colheu a rosa, a Fera apareceu, mas a rapariga se pôs a achá-la muito bonita e a acariciá-la. O monstro apaziguou-se, e o mercador, chegando a hora de partir, despediu-se, chorando, da filha, que ali ficou vivendo.

Algum tempo depois, Bela mostrou desejo de tornar a ver o pai, mas a Fera não quis que ela se afastasse dali. Mandou chamar o velho, que veio logo, num átimo. Lá passou uns dias e, quando foi para voltar, disse à Fera que lhe entregasse a menina. A Fera respondeu-lhe que nem por tudo deste mundo lha tornava a dar,

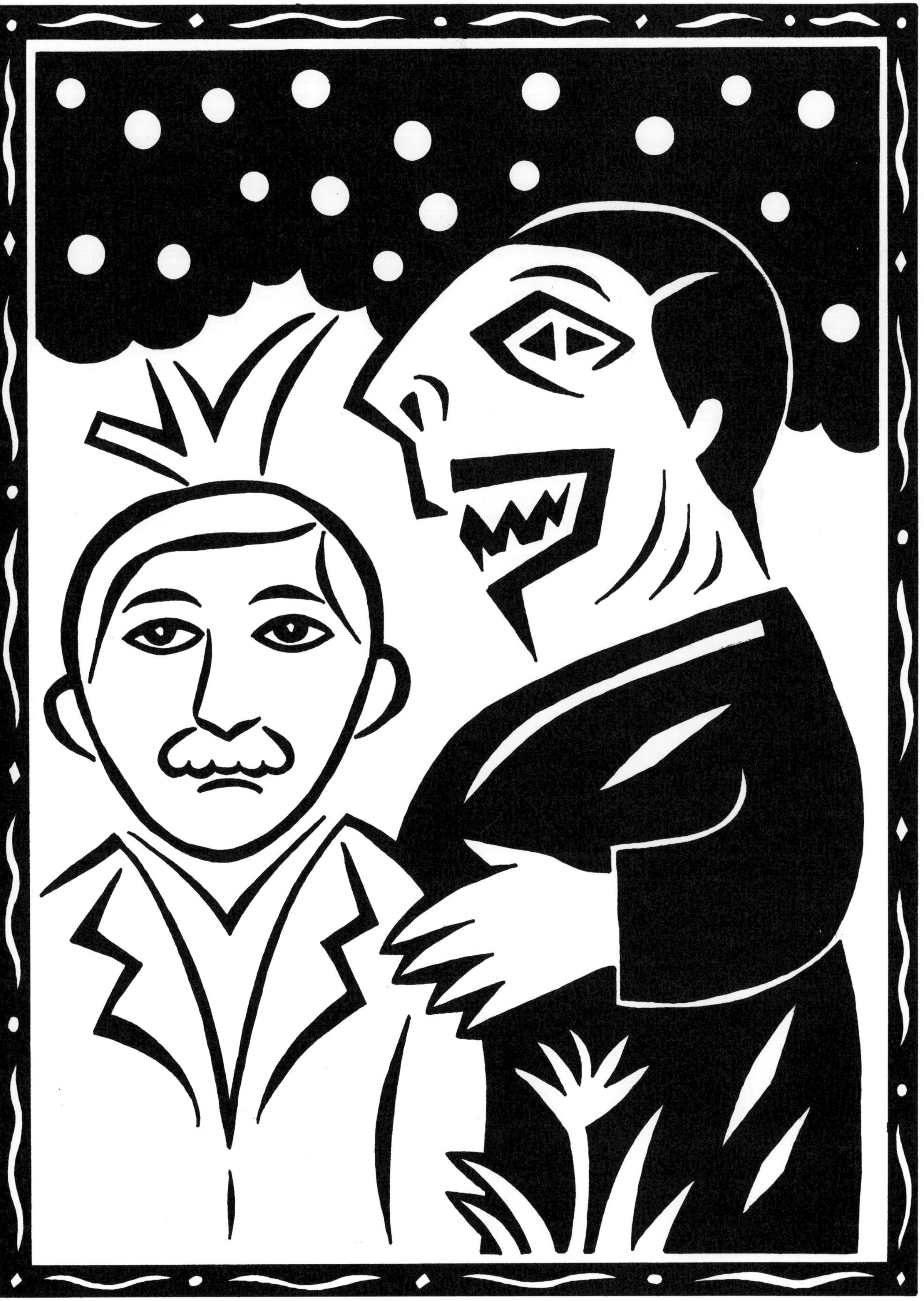

que podia vir vê-la quando entendesse. E lá por dinheiro não, que fosse ao seu tesouro e levasse as riquezas que quisesses.

O mercador voltou rico para casa.

Passado algum tempo, a Fera chamou a moça e lhe disse:

— Tua irmã mais velha acaba de casar-se.

— E como sabes disto?

— Queres vê-la?

— Sim, quero.

A Fera levou-a a um quarto encantado e mostrou-lhe um espelho onde ela viu a irmã, no braço do noivo, ao lado dos pais e dos convidados.

Bela pediu então, com muita brandura, que a deixasse ir à casa.

E a Fera disse-lhe:

— Se eu deixasse, você não voltaria aqui.

A moça jurou que não seria assim tão ingrata e prometeu voltar ao fim de três dias.

A Fera consentiu, mas disse-lhe:

— Se não voltares em três dias, me encontrarás morto. Leva este anel e não o tires do dedo, porque, se o tirares, me esquecerás.

A moça foi, visitou a família e contou às irmãs tudo que era passado e disse-lhes que se sentia feliz. As outras, com inveja, na noite que completava o terceiro dia, esconderam-lhe o anel, e ela não se lembrou mais da Fera.

O pobre animal, ao tempo que Bela ia-se esquecendo, ia também amofinando. A irmã casada contou ao marido o que havia feito com a outra, e ele, que era um homem sério, obrigou-a a entregar o anel à irmã. Dito e feito. Logo que teve o anel no dedo, Bela de tudo se lembrou novamente. Partiu sem demora e chegou ao castelo quando se completavam três dias e meio que dali havia-se ausentado.

Procurou o bicho por todos os aposentos, chamou-o muitas vezes, mas não tornou a vê-lo, até que por fim foi dar com ele quase moribundo, estendido entre as gramas do jardim.

Supôs que estivesse morto e, como muito o estimava, quis dar-lhe um beijo.

Quando o beijou, a Fera, de repente, transformou-se num belo príncipe.

Estava encantado. Bela, com aquele beijo, lhe tinha quebrado o encanto, e o príncipe recebeu-a em casamento.

A moura torta

Era uma vez um rei que tinha um filho único, e este, chegando a ser rapaz, pediu para correr mundo. Não houve outro remédio senão deixar o príncipe seguir viagem como desejava.

Nos primeiros tempos, nada aconteceu de novidade. O príncipe andou, andou, dormindo aqui e acolá, passando fome e frio. Numa tarde, ia ele chegando a uma cidade, quando uma velhinha muito corcunda e acabada, carregando um feixe de gravetos, pediu uma esmola. O príncipe, com pena da velhinha, deu dinheiro bastante e colocou nos ombros o feixe de gravetos, levando a carga até pertinho das ruas. A velha agradeceu muito, abençoou e disse:

— Meu netinho, não tenho nada para lhe dar. Leve essas frutas para regalo, mas só abra perto das águas correntes.

Tirou do alforje sujo três laranjas e entregou ao príncipe, que as guardou e continuou sua jornada.

Dias depois, na hora do meio-dia, estava morto de sede e lembrou-se das laranjas. Tirou uma, abriu o canivete e cortou. Imediatamente a casca abriu para um lado e outro e pulou de dentro uma moça bonita como os anjos, dizendo:

— Quero água! Quero água!

Não havia água por ali, e a moça desapareceu. O príncipe ficou triste com o caso. Dias passados, sucedeu o mesmo. Estava com sede e cortou a segunda laranja. Outra moça, ainda mais bonita, apareceu, pedindo água pelo amor de Deus.

O príncipe não pôde arranjar nem uma gota. A moça sumiu-se como uma fumaça, deixando o príncipe muito contrariado.

Noutra ocasião, o príncipe tornou a ter muita sede. Estava voltando para o palácio de seu pai. Lembrou-se do sucedido com as duas moças e andou até um rio corrente. Parou e descascou a última laranja que a velha lhe dera. A terceira moça era bonita de fazer raiva. Muito e muito mais bonita que as duas outras. Foi logo pedindo água, e o príncipe, mais que depressa, lhe deu. A moça bebeu e desencantou, começando a conversar com o rapaz e contando sua história. Ficaram namorados um do outro. A moça estava em farrapos, e o príncipe viajava a pé, não podendo levar sua noiva naqueles trajes. Mandou-a subir para uma árvore, na beira do rio, despediu-se dela e correu para casa.

Nesse momento chegou uma escrava negra, cega de um olho, a quem chamavam "a Moura Torta". A negra baixou-se para encher o pote com água do rio, mas avistou o rosto da moça que se retratava nas águas e pensou que fosse o dela. Ficou assombrada de tanta formosura:

— Meu Deus! Eu tão bonita e carregando água? Não é possível...

Atirou o pote, quebrando-o, e voltou para o palácio, cantando de alegria. Quando a viram voltar sem água e toda importante, deram muita vaia na Moura Torta, brigaram com ela e mandaram que fosse buscar água com outro pote.

Lá voltou a negra, com o pote na cabeça, sucumbida. Meteu o pote no rio e viu o rosto da moça que estava na árvore, mesmo por cima da correnteza. Novamente a escrava preta ficou convencida da própria beleza. Sacudiu o pote bem longe e regressou para o palácio, toda cheia de si.

Quase a matam de vaias e de puxões. Deram o terceiro pote e ameaçaram a negra de uma surra de chibata se ela chegasse sem o pote d'água. Lá veio a Moura Torta ao destino. Mergulhou o pote no rio e tornou a ver a face da moça. Esta, não podendo conter-se com a vaidade da negra, desatou numa boa gargalhada. A escrava levantou a cabeça e viu a causadora de toda a sua complicação.

— Ah! É vossimicê, minha moça branca? Que está fazendo aí, feito passarinho? Desça para conversar comigo.

A moça, de boba, desceu, e a Moura Torta pediu para pentear o cabelo dela, um cabelão louro e muito comprido que era um primor. A moça deixou. A Moura Torta deitou a cabeça da moça no seu colo e começou a catar, dando cafuné e desembaraçando as tranças. Assim que a viu muito entretida, fechando os olhos, tirou um alfinete encantado e fincou-o na cabeça da moça. Esta deu um gritou e virou-se numa pombinha, saindo a voar.

A negra trepou-se na mesma árvore e ficou esperando o príncipe, como a moça lhe tinha dito, de boba.

Finalmente o príncipe chegou, numa carruagem dourada, com os criados e criadas trazendo roupa para vestir a noiva. Encontrou a Moura Torta, feia como a miséria. O príncipe, assim que a viu, ficou admirado e perguntou a razão de tanta mudança. A Moura Torta disse:

— O sol queimou minha pele, e os espinhos furaram meu olho. Vamos esperar que o tempo melhore e eu fique como era antes.

O príncipe acreditou, e lá se foi a Moura Torta, de carruagem dourada, feito gente. O rei e a rainha ficaram decaldo vendo uma nora tão horrenda como a negra. Mas palavra de rei não volta atrás, e o prometido seria cumprido. O príncipe anunciou seu casamento e mandou convite aos amigos.

A Moura Torta não acreditava nos olhos. Vivia toda coberta de seda e perfumada, dando ordens e ainda mais feia do que carregando o pote d'água. Todos antipatizavam com a futura princesa.

Todas as tardes o príncipe vinha espairecer no jardim e notava que uma rolinha voava sempre ao redor dele, piando triste de fazer pena. Aquilo sucedeu tantas vezes que o príncipe acabou ficando impressionado. Mandou um criado armar um laço num galho, e a rolinha ficou presa. O criado levou a rolinha ao príncipe, e este segurou com delicadeza, alisando as peninhas. Depois coçou a cabecinha da avezinha e encontrou um caroço duro. Puxou, e saiu um alfinete fino. Imediatamente a moça desencantou-se e apareceu, bonita como os amores.

O príncipe ficou sabendo da malvadeza da negra escrava. Mandou prender a Moura Torta e contou a todo o mundo a perversidade dela, condenando-a a morrer queimada e as cinzas atiradas ao vento.

Fizeram uma fogueira bem grande e sacudiram a Moura Torta dentro, até que ficou reduzida a poeira.

A moça casou com o príncipe, e viveram como Deus com seus anjos, queridos por todos. Entrou por uma perna de pinto e saiu por uma perna de pato, mandou dizer el-rei meu senhor que me contassem quatro...

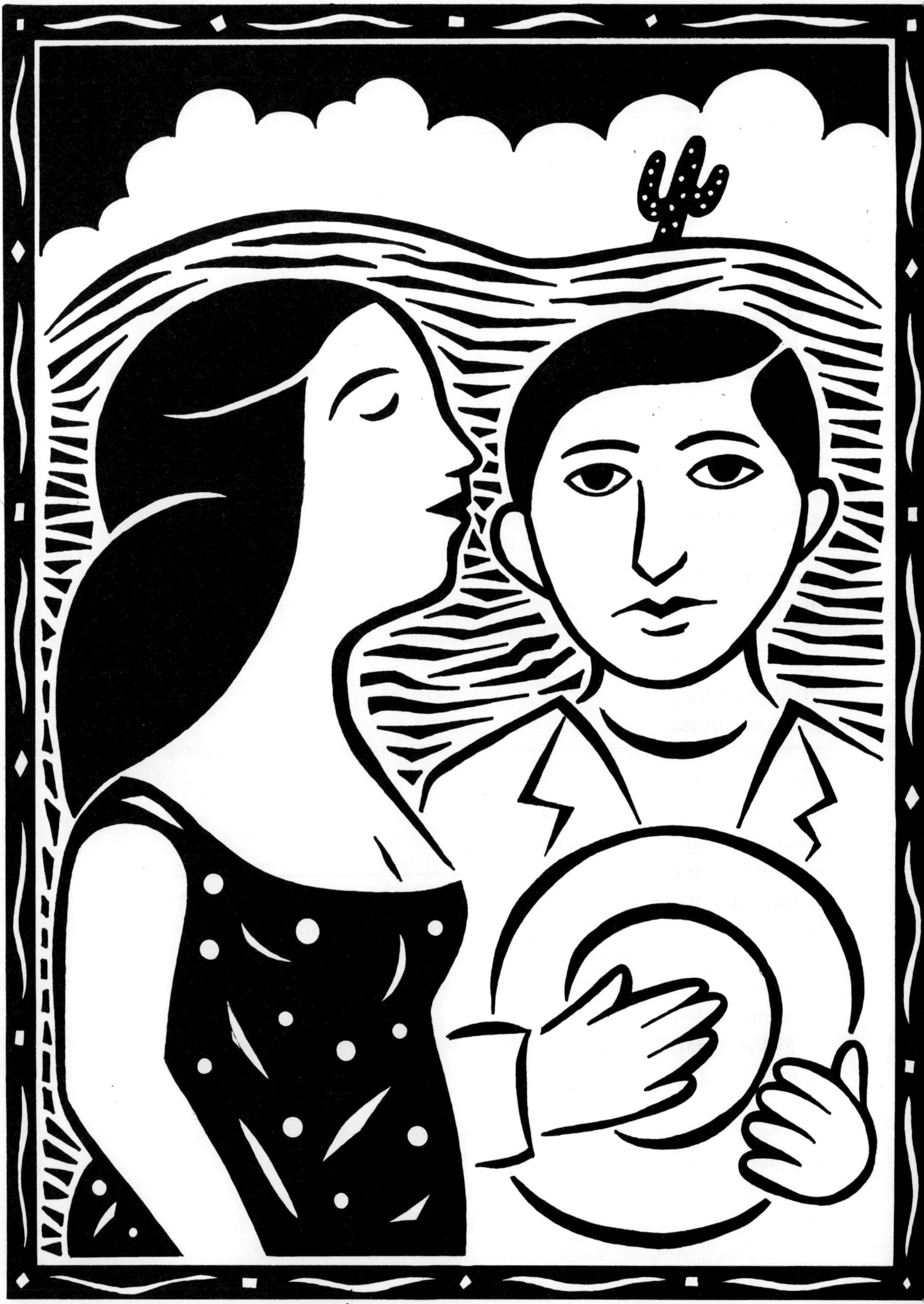

O conde pastor

Não havia ninguém mais orgulhoso que a princesa Sidônia. Era muito bonita e ainda se julgava mais. Todo o mundo era indigno de olhar para ela, e nem respondia aos cumprimentos. O rei, seu pai, vivia desgostoso do gênio insuportável de sua filha. Quando chegou na idade do matrimônio, o rei mandou convidar os príncipes e as pessoas importantes para que a princesa escolhesse um noivo. Vieram todos, e o rei deu festas deslumbrantes. Apesar de tudo, a princesa não se engraçou de nenhum moço e andava de cara fechada e andando duro sem prestar atenção aos convidados.

No fim das festas, o rei perguntou quem ela havia preferido, e Sidônia disse que nenhum a agradara.

O rei mandou chamar os moços de outros lugares mais longe e ofereceu novas festas. Foi a mesma coisa. Sidônia desagradou a todos, e ninguém simpatizou com ela.

Pela terceira vez o rei fez as festas, e novamente a filha ficou sem escolher. Furioso, o rei disse:

— Palavra de rei! Ao primeiro homem solteiro que pedir a mão dessa orgulhosa, eu a dou em casamento.

Palavras não eram ditas, apareceu um pastor, ainda moço e bem parecido, pedindo a mão de Sidônia. Esta fechou-se no quarto gritando e chorando. O rei não amoleceu. Mandou chamar a filha e a entregou ao pastor, com algum dinheiro, e disse que saíssem os dois do seu reinado.

Sidônia acompanhou o marido, soluçando. Dormiram debaixo de uma árvore, e a chuva molhou-os até os ossos. No outro dia, chegaram a uma pobre choupana, onde o pastor morava.

— Todos os dias eu vou levar o gado do conde Lourenço para a pastagem. Você fica tomando conta da casa, traz água do rio e lenha do monte.

Sidônia não queria obedecer, mas o pastor obrigou-a. Partiu para o campo, e a princesa fez todo o serviço da casa, indo buscar água no rio e lenha no monte.

Assim correram os dias, sempre a moça trabalhando de criada para lavar as panelas.

— Não posso mais trabalhar, mas o cozinheiro do palácio do conde Lourenço prometeu que empregaria você como criada para lavar as panelas. É dinheiro que dá para viver, e ainda pode trazer jantar para mim todas as noites.

Sidônia chorou como uma condenada, mas teve de ir. Chegou a um palácio que era uma babilônia de grande, cheio de criados e de carros. Ensinaram o caminho da cozinha, e ela apresentou-se ao cozinheiro, que lhe entregou um monte de panelas sujas de gordura e um pano de esfregão para limpar. Quando acabou a tarefa, o cozinheiro mandou-a jantar e deu uns restos, que ela levou para o marido.

Um mês depois, já Sidônia estava acostumada, embora tivesse uma certa tristeza quando ouvia a música tocando e o barulho das festas lá nos salões do palácio. Os criados diziam que o conde Lourenço era muito rico e muito bom. Sidônia lembrava-se de que não quisera casar com príncipes e barões e acabara sendo mulher de um pastor de quem gostava muito.

Numa noite, saindo com a lata de comida para casa, ia atravessando, escondida, o jardim, claro como o dia, quando um grupo de convidados bem vestidos e alegres cercou-a, puxando-a para a sala. Sidônia só faltava morrer de vergonha com aquela roupa feia e manchada de tisne e gordura dos pratos que lavara. Os convidados carregaram-na à força até o meio da sala, e um deles, alto, todo barbado, parecendo o chefe de tudo, quis abraçá-la, mas a moça empurrou-o com toda a força, gritando por socorro.

O barbadão voltou para perto dela e perguntou se não queria ficar morando naquele palácio, com roupas e comidas finas, em vez de viver numa choupana escura na companhia de um pastor bruto e feio.

— É um pastor bruto e feio, mas é o marido que Deus me deu e de quem eu gosto. Não o troco pelas riquezas nem pelo melhor palácio deste mundo...

Assim que Sidônia disse essas palavras, o barbudão começou a rir e, arrancando as barbas fingidas, mostrou o rosto, e a moça, assombrada, reconheceu o pastor, seu marido.

— Eu sou o conde Lourenço, meu bem. Disfarcei-me de pastor, combinando tudo com o rei, seu pai. Queria também ver se você gostava mesmo de mim, e não do que eu possuía. Agora, em vez de uma princesa vaidosa, tenho uma mulher cheia de virtudes e de bondade. Esses senhores são todos da minha família e aqui vieram para conhecer você.

Abraçou-a, e a festa redobrou até de manhã. Chegou no outro dia o rei, pai de Sidônia, e todos viveram na maior felicidade.

Felicidade é sorte

Era um dia um sapateiro muito pobre e carregado de filhos e que, apesar de trabalhar como um condenado, vivia na miséria. De uma feita estava ele batendo sola. Quando passaram dois amigos, muito ricos, que vinham discutindo sobre a fortuna. Um dizia que a fortuna era dada pela felicidade e o outro pelos auxílios. Viram o sapateiro e tiveram piedade dele ao mesmo tempo que resolveram experimentar a opinião de cada um. O que sustentava a fortuna pelos auxílios foi ao sapateiro e lhe deu cinquenta moedas de ouro. O sapateiro quase morre de alegria. Acabou depressa o serviço e voltou para sua choupana. Aí chegando, não querendo dizer a sua mulher o que sucedera, enterrou o dinheiro num vaso que tinha um pé de manjericão, deixando para depois estudar como empregava aquele ouro. No outro dia, acordou mais tarde e foi ver o pé de manjericão. Não o encontrou. Perguntou, já assustado, à mulher, onde pusera o vaso e soube que ela vendera a um homem que passava, apurando com que almoçar. O sapateiro botou as mãos na cabeça e contou sua desgraça, chorando os dois a falta de sorte que os perseguia.

Tempos depois, estava o sapateiro na sua ocupação, quando os dois amigos ricos cruzaram a rua e vieram saber notícias das cinquenta moedas de ouro. O sapateiro narrou sua desventura.

— É minha vez de provar o que penso. Tome este pedaço de chumbo que encontrei no chão. Pode ser que seja mais feliz com o chumbo do que foi com o ouro.

Foram embora e o sapateiro trouxe o pedaço de chumbo para casa, cada vez mais triste. Lá para as tantas da noite acordou com a voz da mulher de um pescador seu vizinho. Abriu a porta e perguntou o que desejava. A mulher vinha pedir um pedaço de chumbo para completar a chumbada da tarrafa do marido que ia pescar. O sapateiro entregou o que recebera e a mulher do pescador agradeceu muito, retirando-se.

Ao anoitecer, o sapateiro estava em casa quando veio a mulher do pescador com um grande peixe na mão. Era um presente pelo chumbo. O sapateiro agradeceu e mandou sua mulher preparar o peixe para a ceia. Quando a mulher abriu a barriga do peixe, encontrou um enorme diamante. Como não conhecia diamantes, julgou-o um pedaço de vidro. Depois da ceia, como a mulher levasse a lamparina de uma sala para a cozinha, o tal vidro ficou iluminando todo o aposento, divertindo os meninos e assombrando o sapateiro.

No dia seguinte a mulher do sapateiro, não se contendo, contou a história do vidro luminoso e essa notícia foi-se espalhando pelo bairro. Muita gente veio ver e admirar. Um homem, depois de olhar muito o tal vidro, ofereceu cem moedas de ouro por ele. O sapateiro, espantado por uma quantia dessas, achou que o vidro devia valer muitíssimo mais. Fez-se de rogado e o homem foi oferecendo mais e mais dinheiro, até que ficou em mil moedas de ouro. O sapateiro não quis e foi mostrar a pedra ao rei que ficou estatelado quando viu o tamanho e o brilho do diamante. Comprou-o por uma verdadeira riqueza. O sapateiro mandou construir casa confortável para morar, colocou os filhos nas melhores escolas e começou a viver como uma pessoa rica.

Estava uma tarde na janela de sua casa quando os dois amigos passaram. O antigo sapateiro chamou-os, abraçando-os, agradecendo o que fizeram por ele e contando tudo. O amigo que pensava nos auxílios reconheceu que estava errado e disse:

— Tens razão, amigo. Felicidade é fortuna. Mais vale quem Deus ajuda do que quem cedo madruga...

O afilhado do diabo

Um velho tinha tantos filhos e era tão pobre que já não sabia mais a quem convidar para ser padrinho de seus rebentos. Quando nasceu o mais novo, ficou atrapalhado. Estava pensando no caso, quando viu um homem muito bem vestido, montado num cavalo bonito, que parou e o salvou. O velho perguntou se ele queria ser padrinho do seu filhinho mais novo. O homem aceitou e deu uma bolsa cheia de ouro, indo embora logo. Todos os anos o desconhecido voltava para ver o afilhado e o compadre recebia uma bolsa de ouro. Estava rico e vivia muito tranquilamente quando o padrinho apareceu e disse que vinha buscar o menino para educá-lo. O velho não queria, mas o homem tanto insistiu, tanto insistiu, que ele acabou cedendo e o menino lá se foi, na lua da sela do padrinho.

O padrinho morava numas serras altas e sem gente, num casarão enorme, cheio de quartos e salas. O menino tinha do bom e do melhor, muitos livros e aprendia depressa tudo, ficando instruído por demais. O padrinho tratava-o bem, mas era carrancudo e de poucas falas, viajando sempre. Raramente estava em casa.

O menino, examinando a casa, encontrou, numa estante, um livro grande que ensinava todas as sabedorias e mágicas. Por elas ficou sabendo que seu padrinho era o próprio Diabo. Nas escondidas do padrinho estudou as sabedorias e mágicas, ficando dia a dia preparado como um verdadeiro mágico. Quando achou que estava no ponto de lutar contra ele, fugiu de casa. O Diabo teve notícia e veio como um raio para pegá-lo. O rapaz já estava em casa e o Diabo não podia agarrá-lo à força.

Dias depois o rapaz disse ao pai que podia arranjar ainda mais dinheiro. Ia-se virar num cavalo que o velho devia montar e ir passear nas ruas. Vendesse por muito bom dinheiro, mas não entregasse o animal com o freio, senão não se desencantava mais. O velho prometeu tudo mas não resistiu aos oferecimentos de tanto dinheiro e vendeu o cavalo, esquecendo-se de tirar o freio.

O Diabo, que era o comprador, passou três dias e três noites correndo em cima do afilhado, virado em cavalo, cortando-o de chibata e esporas. Chegou, finalmente, a uma casa e desceu para servir-se do jantar que lhe era insistentemente oferecido. Recomendou que dessem água ao animal, mas sem retirar-lhe o freio. O criado, vendo que o cavalo não queria e não podia beber a água do rio com o freio no focinho, tirou-o. Logo o cavalo voltou a ser gente e o rapaz disse:

— Ai de mim uma piaba!

E tornou-se uma piaba, mergulhando no rio e desaparecendo.

O criado correu para o amo e contou o que se passava. O Diabo veio a toda e sabendo onde a piaba se sumira, gritou:

— Ai de mim uma traíra!

E caiu n'água, virando uma traíra, atrás do afilhado. Este, vendo que o padrinho o alcançava, veio para a tona e disse:

— Ai de mim uma rolinha!

E saiu voando. O Diabo, por sua vez:

— Ai de mim um gavião!

E botou-se no rastro da rolinha.

A princesa estava na varanda do palácio quando a rolinha a avistou e foi logo dizendo:

— Ai de mim um anel no dedo daquela moça!

E ficou anel no dedo da moça, a quem disse:

— Vai aparecer aqui um homem rico querendo comprar este anel. Diga a seu pai que venda bem caro e não dê na mão dele. Rebole o anel no chão!

A moça assim fez. O homem rico chegou e ofereceu uma fortuna pelo anel. O rei aceitou, mas a princesa tirou o anel do dedo e jogou-o no chão. O anel disse:

— Ai de mim cinco caroços de milho!

Apareceram cinco caroços de milho. O homem gritou:

— Ai de mim um galo!

E virou galo que pulou em cima do milho, bicando com vontade. A moça, que compreendeu tudo, pôs o pé em cima de um caroço, e assim que o galo acabou de comer o milho, pensando que tinha acabado, a moça sentiu o caroço inchado debaixo da palma do pé; tirou-o de cima e o grão de milho disse:

— Ai de mim uma raposa!

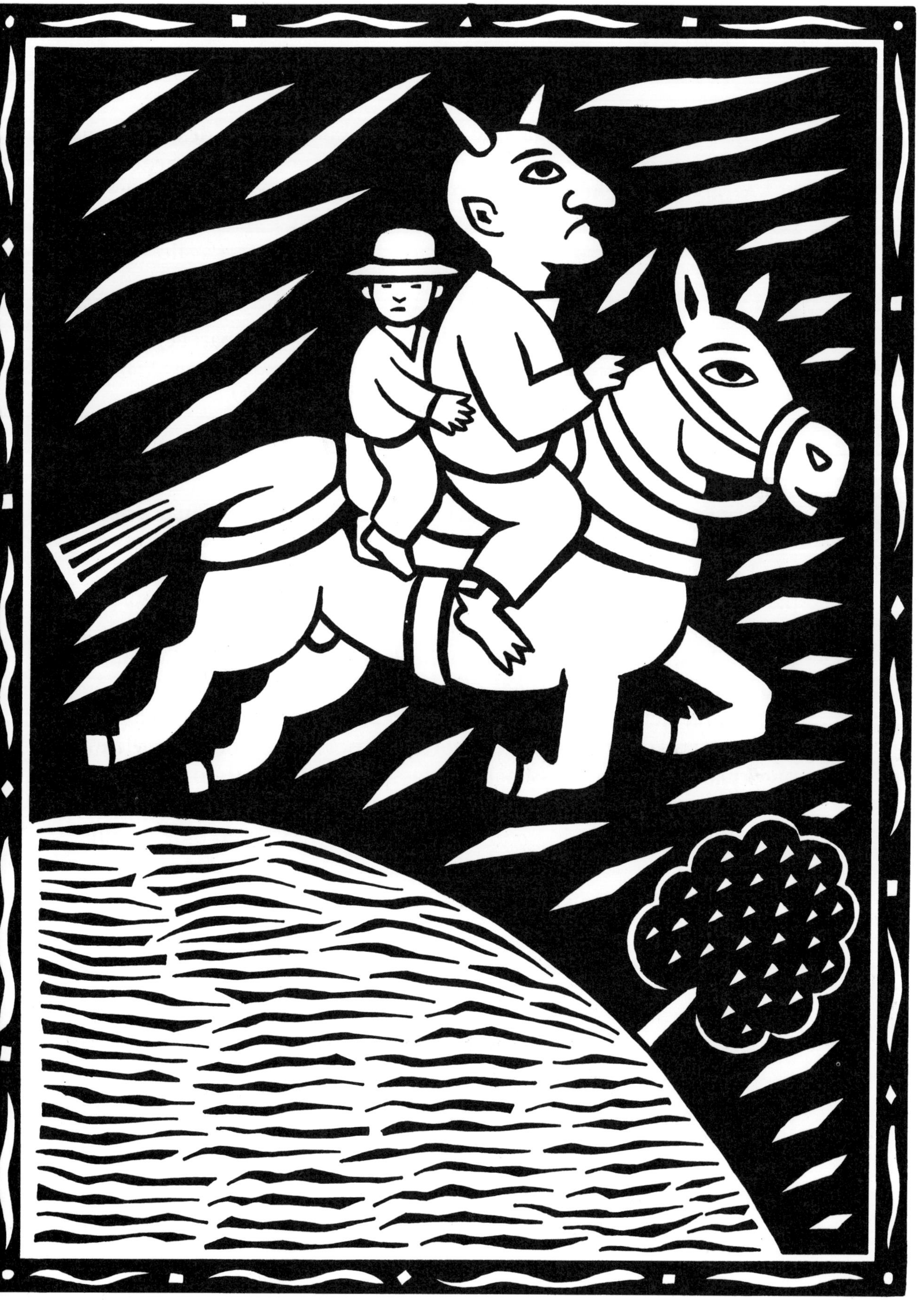

Apareceu uma raposa que imediatamente comeu o galo num bocado.

A raposa desencantou-se no rapaz, que casou com a princesa e nunca quis saber das sabedorias e mágicas que aprendera com o livro do Diabo.

A menina dos brincos de ouro

Uma mãe que era muito má para os filhos fez presente à sua filhinha de uns brincos de ouro. Quando a menina ia à fonte buscar água e tomar banho, costumava tirar os brincos e botá-los em cima de uma pedra.

Um dia, ela foi à fonte, tomou banho, encheu a cabaça e voltou para casa, esquecendo-se dos brincos. Chegando em casa, deu por falta deles e, com medo da mãe ralhar com ela e castigá-la, correu à fonte a buscar os brincos. Chegando lá, encontrou um velho muito feio, que a agarrou, botou nas costas e levou consigo. O velho pegou na menina e meteu dentro de um surrão, coseu o surrão e disse à menina que ia sair com ela de porta em porta para ganhar a vida e que, quando ele ordenasse, ela cantasse dentro do surrão, senão ele bateria com o bordão. Em todo o lugar que chegava, botava o surrão no chão e dizia:

> — *Canta, canta meu surrão*
> *Senão te meto este bordão.*

E o surrão cantava:

> —*Neste surrão me meteram,*
> *Neste surrão hei de morrer,*
> *Por causa de um brinco de ouro*
> *Que na fonte eu deixei.*

Todo mundo ficava admirado e dava dinheiro ao velho. Quando foi um dia, ele chegou à casa da mãe da menina, que reconheceu logo a voz da filha. Então convidaram o velho para comer e beber e, como já era tarde, instaram muito com ele para dormir. De noite, como ele tinha bebido demais, ferrou num sono muito pesado. As moças foram, abriram o surrão tiraram a menina, que já estava fraquinha, quase para morrer. Em lugar da menina, encheram o surrão de excrementos.

No dia seguinte, o velho acordou, pegou no surrão, botou às costas e foi-se embora. Adiante, em uma casa, perguntou se queriam ouvir um surrão cantar. Botou o surrão no chão e disse:

— *Canta, canta meu surrão*
Senão te meto este bordão.

Nada. O surrão calado. Repetiu ainda. Nada. Então o velho meteu o cacete no surrão, que se arrebentou todo e mostrou a peça que as moças tinham pregado no velho, o qual ficou possesso.

A menina e o quibungo

No tempo do quibungo, menino não podia sair à noite sozinho. O quibungo andava ao redor das casas, gemendo:
— Hum! hum! hum!
Quando encontrava algum menino, pegava para comer.
Havia uma mulher que tinha uma filha. A menina gostava muito de sair todas as noites para andar abaixo e acima pela casa dos parentes e dos vizinhos. A mãe dela sempre dizia:
— Minha filha, não saia de casa de noite, que o quibungo lhe pega e lhe come!...
A pequena, porém, que era muito teimosa e mal-ouvida, não se importava. Até que, uma noite, o quibungo agarrou-a, botou-a às costas, levando-a para comer. A menina pegou a cantar:

> *— Minha mãezinha,*
> *Quibungo tererê,*
> *Do meu coração,*
> *Quibungo tererê,*
> *Acudi-me depressa,*
> *Quibungo tererê,*
> *Quibungo quer me comê.*

A mãe da menina respondeu:

> *— Eu bem te dizia,*
> *Quibungo tererê,*
> *Que não andasses de noite,*
> *Quibungo tererê.*

Ouvindo isso, ela chamou pelos demais de casa; mas ninguém quis acudi-la, respondendo todos da mesma maneira. Lá se foi a pobrezinha, chorando, nas costas do quibungo. Passou pela casa dos outros parentes, e nenhum veio tomá-la das mãos do quibungo. Foi quando a avó ouviu aquela alaúza do povo, correndo e gritando:

— O quibungo carregou fulana... E vem ele com fulana nas costas...

Aí, a velha correu mais que depressa, botou um tacho d'água no fogo para ferver e meteu um espeto nas brasas. Quando foi chegando perto da casa da avó, a menina foi cantando:

— Minha avozinha etc.

Respondeu a avó como os demais parentes haviam respondido. O quibungo, então, foi passando muito satisfeito. A velha agarrou o tacho d'água fervendo, saiu atrás dele e — zás! — sacudiu-lho nas canelas. O quibungo deu um pinote muito grande, atirando a menina no chão. Foi quando a velha deu de mão no espeto, que estava vermelho em brasa, e fincou-lhe no pescoço, matando-o. Tomou a neta para si e nunca mais deixou que ela fosse em casa dos pais. Também a menina não quis mais sair de noite para andar abaixo e acima.

O bicho-preguiça

Dizem que o gato tem sete fôlegos e que o bicho-preguiça tem sete preguiças.

Uma vez, uma preguiça estava embaixo de uma embaúba esperando ela florescer. Quando as flores roxas viessem, a preguiça, que é muito gulosa por bananinhas de embaúba, começava a subir. Pensava que, até chegar lá em cima, já as frutas tinham vindo e estavam maduras.

Então ela foi subindo, subindo. Sete anos se passaram. Sete vezes a embaúba floresceu e frutificou. Quando a preguiça acabou a viagem e ia comer os frutos, arrebentou o galho, e ela veio para o chão que nem um bolo. Santa paciência! Voltou à árvore e começou a subir, mais sete anos.

Ainda está lá.

O rei Andrada

Havia um rei de nome Andrada, que tinha três filhas e lhes disse que o que sonhassem lhe contassem todos os dias pela manhã. Uma delas, logo no dia seguinte, contou ao rei um sonho que foi o seguinte:

— Sonhei que havia de mudar de estado nestes poucos dias, e cinco reis haviam de me beijar a mão, e entre eles el-rei meu pai.

O rei ficou muito zangado com a filha e lhe ordenou que, se de novo sonhasse aquilo, não lhe contasse mais, senão a mandaria matar. A moça tornou a sonhar coisa semelhante e, pela manhã, apesar de lhe rogarem as irmãs, ela contou o sonho ao pai. Ele mandou matá-la e cortar-lhe o dedo mindinho, que os matadores lhe deviam trazer.

Os criados do rei levaram a princesa para um ermo e tiveram pena de a matar: cortaram-lhe somente o dedo, que levaram ao rei, deixando a moça nas brenhas. Ela começou a caminhar e, muito longe, encontrou um buraco e entrou por ele adentro e, quanto mais entrava, mais o buraco se alargava, até que ela foi dar num rico palácio.

Aí ela tinha o almoço, a janta e a ceia, sem ver ninguém, porque o palácio era encantado. Apenas ela ouvia, de um quarto que estava fechado, falar um papagaio. Depois de alguns dias, apareceu-lhe um lindo moço, que lhe deu a chave do quarto e disse que o abrisse e respondesse ao papagaio coisa que fizesse sentido ao que ele dissesse. O moço desapareceu. A princesa abriu a camarinha, e o papagaio, que era muito grande e bonito e de asas douradas, ficou muito alegre, sacudindo-se todo, e disse:

— Como vem a filha
Do rei Andrada,
Tão bonita,
Tão formosa
E tão ornada!

— Ó, meu papagaio dourado,
Eu das tuas ricas penas
Pretendo fazer um toucado.

Aí o papagaio desencantou-se no lindo moço que dantes lhe tinha aparecido, o qual moço mandou logo vir um padre e se casou com a princesa, mandando convidar cinco reis, que no cortejo beijaram a mão de sua noiva. No meio deles veio o rei Andrada. Todos os outros beijaram a mão da princesa, e, quando chegou a vez do rei Andrada, a nova rainha não lhe quis dar a mão, pelo que ele ficou muito injuriado e foi queixar-se ao rei seu amigo, o dono da casa. O noivo, indo perguntar a razão daquilo, a moça lhe contou a sua história, o que sabendo o rei Andrada foi pedir perdão à sua filha.

O homem pequeno

Uma vez um príncipe saiu a caçar com outros companheiros, e enterraram-se numa mata. O príncipe, que se chamava dom João, adiantou-se muito dos companheiros e se perdeu. Ao depois de muito andar, avistou um muro muito alto, que parecia uma montanha, e para lá se dirigiu. Quando lá chegou, conheceu que estava numa terra estranha, pertencente a uma família de gigantes. O dono da casa era um gigante enorme, que quase dava com a cabeça nas nuvens; tinha mulher também gigante e uma filha gigante de nome Guimara.

Quando o dono da casa viu dom João, gritou logo:

— Oh! homem pequeno, o que andas fazendo?

O príncipe contou-lhe a sua história, e então o gigante disse:

— Pois bem; fique aqui como meu criado.

O príncipe lá ficou, e, passados tempos, Guimara se apaixonou por ele. O gigante, que desconfiou da coisa, chamou um dia o príncipe e lhe disse:

— Oh! homem pequeno, tu disseste que te atrevias a derrubar numa só noite o muro das minhas terras e a levantar um palácio?

— Não senhor, meu amo; mas como vossemecê manda, eu obedeço.

O moço saiu por ali vexado de sua vida e foi ter ocultamente com Guimara, que lhe disse:

— Não é nada; eu vou e faço tudo.

Assim foi: Guimara, que era encantada, deitou abaixo o muro e levantou um palácio que dar-se podia.

No outro dia, o gigante foi ver bem cedo a obra e ficou admirado.

— Oh! homem pequeno!

— Inhô!

— Foste tu que fizeste esta obra ou foi Guimara?

— Senhor, fui eu, não foi Guimara; se meus olhos viram Guimara, e Guimara viu a mim, mau fim tenha eu a Guimara, e Guimara mau fim tenha a mim.

Passou-se. Depois de alguns dias, o gigante, que andava com vontade de matar o homem pequeno, lhe alevantou outro aleive:

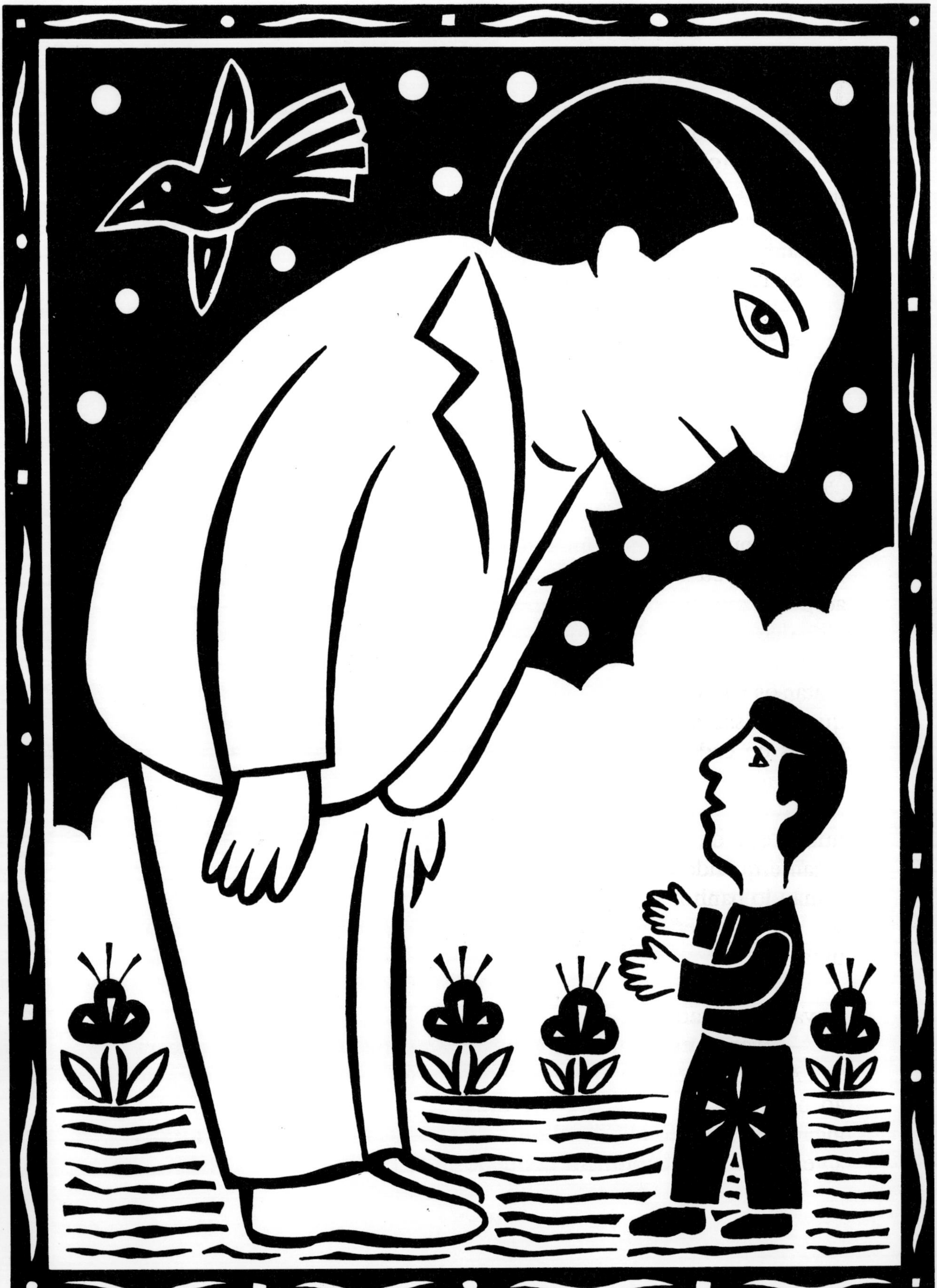

— Oh! homem pequeno, tu disseste que te atrevias a fazer da ilha dos bichos bravos um jardim cheio de flores de todas as qualidades, e com um cano a despejar água, tudo numa noite.

— Senhor, eu não disse isto, mas como vossemecê ordena, eu irei fazer.

Saiu dali mais morto do que vivo, e foi ter com Guimara, que lhe disse:

— Não tem nada; eu hoje hei de fazer tudo de noite.

Assim foi.

De noite ela fugiu de seu quarto, e, com o homem pequeno trabalhou toda a noite, de maneira que no outro dia lá estava o jardim cheio de flores, e com um cano a jorrar água; era uma obra que dar-se podia. O gigante, dono da casa, foi ver a obra e ficou muito espantado, e então formou o plano de ir à noite ao quarto de Guimara e ao do homem pequeno para os matar. A moça, que era adivinha, comunicou isto a dom João e convidou-o para fugir, deixando nas camas, em seu lugar, bananeiras cobertas com os lençóis, para enganar ao pai.

Alta noite, fugiram montados no melhor cavalo da estrebaria, o qual caminhava cem léguas de cada passada. O pai, quando os foi matar, os não encontrou, e disse o caso à mulher, que lhe aconselhou que partisse atrás montado no outro cavalo, que caminhava cem léguas de cada passada, e seguisse a toda a brida. O gigante partiu e, quando ia chegando perto dos fugitivos, Guimara se virou num riacho, dom João num negro velho, o cavalo num pé de árvore, a sela numa leira de cebolas e a espingarda que levavam num beija-flor. O gigante, quando chegou ao riacho, se dirigiu ao negro velho, que estava tomando banho:

— Oh! meu negro velho, você viu passar aqui um moço com uma moça?

O negro não prestava atenção, mergulhava n'água e, quando alevantava a cabeça, dizia:

— Plantei estas cebolas, não sei se me darão boas!...

Assim muitas vezes, até que o gigante se maçou e se dirigiu ao beija-flor, que voou-lhe em cima, querendo furar-lhe os olhos. O gigante desesperou e voltou para casa. Chegando lá, contou a história à velha sua mulher, que lhe disse:

— Como você é tolo, marido! O riacho é Guimara, o negro velho o homem pequeno, a leira de cebolas a sela, o pé de árvore o cavalo e o beija-flor a espingarda. Corra para trás e vá pegá-los.

O gigante tornou a partir como um danado até chegar perto deles, que se haviam desencantado e seguido a toda a pressa. Quando eles avistaram o gigante, a moça se transformou numa igreja, dom João num padre, a sela num altar, a espingarda num missal e o cavalo num sino. O gigante entrou pela igreja adentro, dizendo:

— Oh! seu padre, o senhor viu passar por aqui um moço com uma moça?

O padre, que fingia estar dizendo missa, respondeu:

> *— Sou um padre ermitão,*
> *Devoto da Conceição,*
> *Não ouço o que me diz, não...*
> *Dominus vobiscum.*

Assim muitas vezes, até que o gigante se aborreceu e voltou para trás, desesperado. Chegando em casa contou a história à mulher, que lhe disse:

— Oh! marido, você é muito tolo! Corra já, volte, que a igreja é Guimara, o padre é o homem pequeno, o missal a espingarda, o altar a sela, o sino o cavalo.

Eles lá se desencantaram e seguiram a toda a pressa; mas o gigante de cá partiu como um feroz; ia botando serras abaixo e, quando estava de novo quase a pegá-los, Guimara largou no ar um punhado de cinzas e gerou-se no mundo uma neblina tal que o gigante não pôde seguir e voltou. Depois disto, os fugitivos chegaram ao reino de dom João. Guimara, então, lhe pediu que, quando entrasse em casa, para não se esquecer dela por uma vez, não beijasse a mão de sua tia. O príncipe prometeu; mas, quando entrou em palácio, a primeira pessoa que lhe apareceu foi a tia, de quem ele beijou a mão, e se esqueceu por uma vez de Guimara, que o tinha salvado da morte. A moça lá perdeu na terra estranha o encanto, e ficou pequena como as outras, mas sempre triste.

Maria Borralheira

Havia um homem viúvo que tinha uma filha chamada Maria; a menina, quando ia para a escola, passava por casa de uma viúva que tinha duas filhas. A viúva costumava sempre chamar a pequena e agradá-la muito. Depois de algum tempo, começou a lhe dizer que falasse e rogasse a seu pai para casar com ela. A menina pegou e falou ao pai para casar com a viúva, porque "ela era muito boa e agradável".

O pai respondeu:

— Minha filha, ela hoje te dá papinhas de mel; amanhã te dará de fel.

Mas a menina sempre vinha com os mesmos pedidos, até que o pai contratou o casamento com a viúva. Nos primeiros tempos, ainda ela agradava a pequena, e, ao depois, começou a maltratá-la.

Tudo o que havia de mais aborrecido e trabalhoso no trato da casa era a órfã que fazia. Depois de mocinha, era ela que ia à fonte buscar água e ao mato buscar lenha; era quem acendia o fogo, e vivia muito suja no borralho. Daí lhe veio o nome de Maria Borralheira. Uma vez, para judiá-la, a madrasta lhe deu uma tarefa muito grande de algodão para fiar e lhe disse que naquele dia devia ficar pronta. Maria tinha uma vaquinha que sua mãe lhe tinha deixado; vendo-se assim tão atarefada, correu e foi ter com a vaquinha e lhe contou, chorando, os seus trabalhos.

A vaquinha lhe disse:

— Não tem nada; traga o algodão que eu engulo, e quando botar fora é fiado e pronto em novelos.

Assim foi. Enquanto a vaquinha engolia o algodão, Maria estava brincando. Quando foi de tarde, a vaquinha deitou para fora aquela porção de novelos tão alvos e bonitos!... Maria, muito contente, botou-os no cesto e levou-os para casa. A madrasta ficou muito admirada e, no dia seguinte, lhe deu uma tarefa ainda maior. Maria foi ter com a sua vaquinha, e ela fez o mesmo que da outra vez. No outro dia, a madrasta deu à mocinha uma grande tarefa de renda para fazer; a vaquinha, como sempre, foi quem a salvou, engolindo as linhas e botando para fora a renda pronta e muito alva e bonita. A madrasta ainda mais admirada ficou.

Doutra vez mandou ela buscar um cesto cheio d'água. Maria Borralheira saiu muito triste para a fonte, e foi ter com a vaquinha, que lhe encheu o cesto, que ela levou para casa. Daí por diante a madrasta de Maria começou a desconfiar, e mandou as suas duas filhas espiarem a moça. Elas descobriram que era a vaquinha que fazia tudo para a Borralheira. Daí a tempos a mulher se fingiu pejada e com antojos e desejou comer a vaquinha de Maria. O marido não quis consentir; mas por fim teve de ceder à vontade da mulher, que era uma tarasca desesperada.

Maria Borralheira foi e contou à vaca o que ia acontecer; ela disse que não tivesse medo; que, quando fosse o dia de a matarem, Maria se oferecesse para ir lavar o fato; que dentro dele havia de encontrar uma varinha que lhe havia de dar tudo o que ela pedisse; e que, depois de lavado o fato, largasse a gamela pela corrente abaixo e a fosse acompanhando; que mais adiante havia de encontrar um velhinho muito chagado e com fome; lavasse-lhe as feridas e a roupa e lhe desse de comer; que mais adiante havia de encontrar uma casinha com uns gatos e cachorrinhos muito magros e com fome, e a casinha muito suja; varresse o cisco e desse de comer aos bichos, e depois de tudo isso voltasse para casa. Assim mesmo foi.

No dia em que a madrasta de Maria quis que se matasse a vaquinha, a moça se ofereceu para ir lavar o fato no rio. A madrasta lhe disse com desprezo:

— Ó chente! Quem havia de ir senão tu, porca? Morta a vaca, a Borralheira seguiu com o fato para o rio. Lá achou nas tripas a varinha de condão e guardou-a. Depois de lavado o fato, botou-o na gamela e largou-a pela correnteza abaixo, e a foi acompanhando. Adiante encontrou um velhinho muito chagado e morto de fome e sujo. Lavou-lhe as feridas e a roupa e deu-lhe de comer. Este velhinho era Nosso Senhor. Seguiu com a gamela. Mais adiante encontrou uma casinha muito suja e desarrumada, e com os cachorros e gatos e galinhas muito magros e mortos de fome. Maria Borralheira deu de comer aos bichos, varreu a casa, arrumou todos os trastes e escondeu-se atrás da porta. Daí a pouco chegaram as donas da casa, que eram três velhas tatas.

Quando viram aquele benefício, a mais moça disse:

— Manas, faiemos; faiemos, manas: permita Deus que a quem tanto bem nos fez lhe apareçam uns chapins de ouro nos pés.

A do meio disse:

— Manas, faiemos, manas: permita Deus que a quem tanto bem nos fez lhe nasça uma estrela de ouro na testa.

A mais velha disse:

— Faiemos, manas: permita Deus que a quem tanto bem nos fez, quando falar, lhe saiam faíscas de ouro da boca.

Maria, que estava atrás da porta, apareceu já toda formosa com os chapins de ouro nos pés e estrela de ouro na testa, e quando falava saíam-lhe da boca faíscas de ouro. Amarrou um lenço na cabeça, fingindo doença, para esconder a estrela, e tirou os chapins dos pés e foi-se embora para casa. Quando lá chegou, entregou o fato e foi para o seu borralho. Passados alguns dias, as filhas da madrasta lhe viram a estrela e perceberam as faíscas de ouro que lhe saíam da boca, e foram contar à mãe. Ela ficou com muita inveja, e disse às filhas que indagassem da Borralheira o que é que se devia fazer para se ficar assim.

Elas perguntaram, e Maria disse:

— É muito fácil; vocês peçam para ir também por sua vez lavar o fato de uma vaca no rio; depois de lavado, botem a gamela com ele pela correnteza abaixo e vão acompanhando; quando encontrarem um velhinho muito feridento, metam-lhe o pau, e dêem muito; mais adiante, quando encontrarem uma casa com uns cachorros e gatos muito magros, emporcalhem a casa, desarrumem tudo, dêem nos bichos todos, e escondam-se atrás da porta e deixem estar que, quando vocês saírem, hão de vir com chapins e estrela de ouro.

Assim foi.

As moças contaram à mãe, e ela lhes deu um fato para irem lavar no rio. As moças fizeram tudo como Maria Borralheira lhes tinha ensinado. Deram muito no velhinho, emporcalharam a casa e deram muito nos bichos das velhas, e se esconderam atrás da porta. Quando as donas da casa chegaram e viram aquele destroço, a mais moça disse:

— Manas, faiemos, manas: permita Deus que a quem tanto mal nos fez lhe apareçam cascos de cavalos nos pés.

A do meio disse:

— Permita Deus que a quem tanto mal nos fez lhe nasça um rabo de cavalo na testa.

A terceira disse:

— Permita Deus que a quem tanto mal nos fez, quando falar, lhe saia porqueira de cavalo pela boca.

As duas moças, quando saíram de trás da porta, já vinham preparadas com seus enfeites. Quando falaram, ainda mais sujaram a casa das velhinhas. Largaram-se para casa, e, quando a mãe as viu, ficou muito triste. Passou-se. Quando foi depois, houve três dias de festa na cidade, e todos de casa iam à igreja, menos a Borralheira, que ficava na cinza. Mas, depois de todos saírem, ela logo no primeiro dia pegou na sua varinha de condão e disse:

— Minha varinha de condão, pelo condão que Deus vos deu, dai-me um vestido da cor do campo com todas as suas flores.

De repente apareceu o vestido. Maria pediu também uma linda carruagem. Aprontou-se e seguiu. Quando entrou na igreja, todos ficaram pasmados, e sem saber quem seria aquela moça tão bonita e tão rica. Aí uma das filhas da madrasta disse à mãe:

— Olhe, minha mãe, parece Maria.

A mãe botou-lhe o lenço na boca por causa da sujidade que estava saindo, mandando que ela se calasse, que as vizinhas já estavam percebendo. Acabada a festa, quando chegaram em casa, Maria já estava lá velha metida no borralho. A mãe lhes disse:

— Olhem, minhas filhas, aquela porca ali está, não era ela, não; onde ia ela achar uma roupa tão rica?

No outro dia foram todas para a festa, e Maria ficou; mas, quando todas se ausentaram, ela pegou na varinha de condão e disse:

— Minha varinha de condão, pelo condão que Deus vos deu, dai-me um vestido da cor do mar com todos os seus peixes, e uma carruagem ainda mais rica e bela que a primeira.

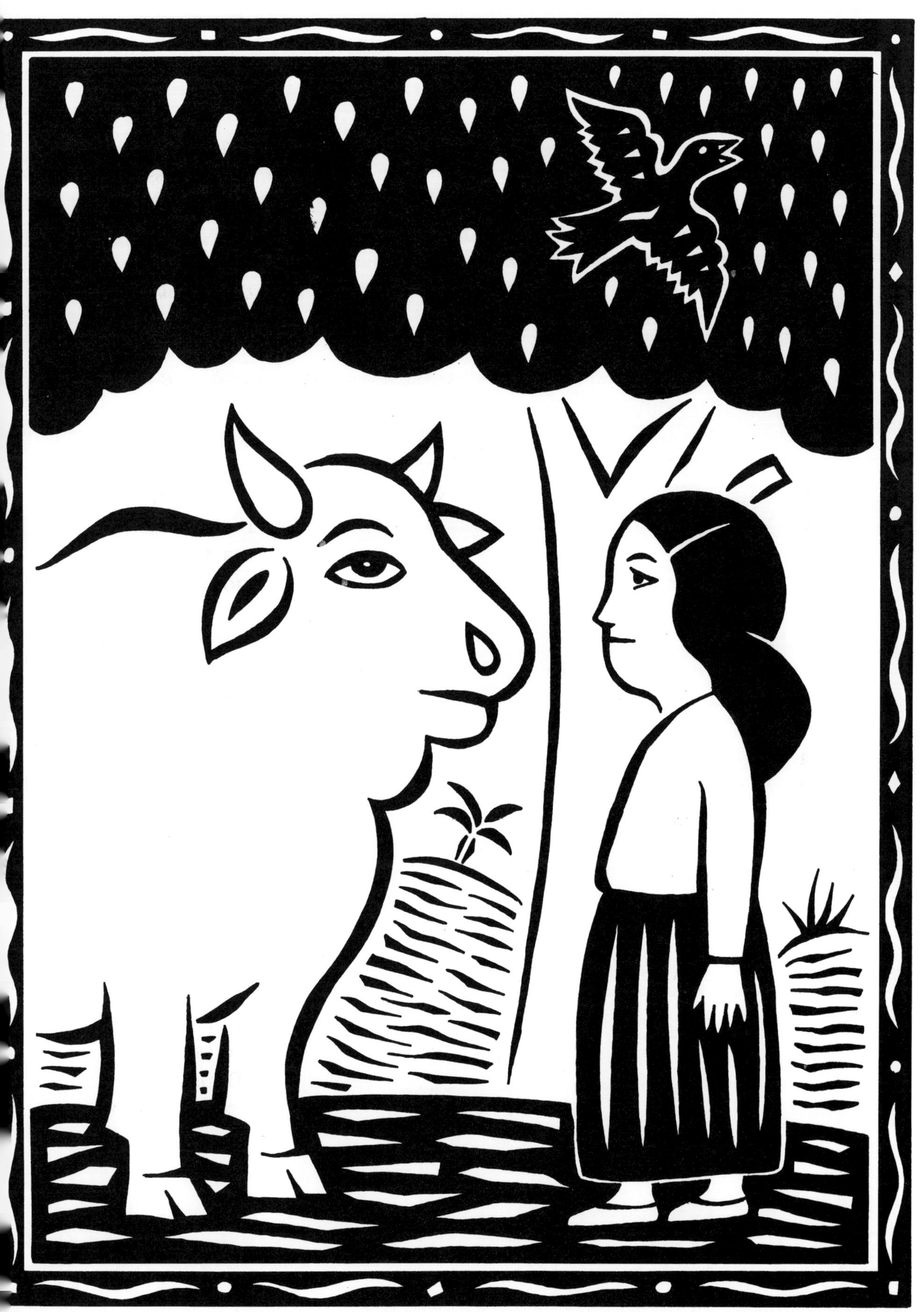

Apareceu logo tudo, e ela se aprontou e seguiu. Quando lá chegou, o povo ficou abasbacado por tão linda e rica moça, e o filho do rei ficou morto por ela. Botou-se cerco para a pegar na volta, e nada de a poderem pegar. Quando as outras pessoas chegaram em casa, Maria já lá estava metida no seu borralho. Aí uma das moças lhe disse:

— Hoje vi uma moça na igreja que se parecia contigo, Maria!

Ela respondeu:

— Eu!... Quem sou eu para ir à festa?... Uma pobre cozinheira!

No terceiro dia a mesma coisa; Maria então pediu um vestido da cor do céu com todas as suas estrelas e uma carruagem ainda mais rica. Assim foi, e apresentou-se na festa. Na volta, o rei tinha mandado pôr um cerco muito apertado para agarrá-la; porém ela escapuliu, e na carreira lhe caiu um chapim do pé, que o príncipe apanhou. Depois o rei mandou correr toda a cidade para ver se achava-se a dona daquele chapim e o outro seu companheiro. Experimentou-se o chapim nos pés de todas as moças, e nada. Afinal só faltavam ir à casa de Maria Borralheira. Lá foram. A dona da casa apresentou as filhas que tinha; elas, com seus cascos de cavalo, quase machucaram o chapim todo, e os guardas gritaram:

— Virgem Nossa Senhora! Deixem, deixem...

Perguntaram se não havia ali mais ninguém. A dona da casa respondeu:

— Não, aí tem somente uma pobre cozinheira porca, que não vale a pena mandar chamar.

Os encarregados da ordem do rei responderam que a ordem era para todas as moças sem exceção, e chamaram pela Borralheira. Ela veio lá de dentro toda pronta, como no último dia da festa; vinha encantando tudo; foi metendo o pezinho no chapim e mostrando o outro. Houve muita alegria e festas; a madrasta teve um ataque e caiu para trás, e Maria foi para o palácio e casou com o filho do rei.

João Gurumete

Havia um sapateiro muito tolo, que tinha um discípulo que o aconselhava. Uma vez, o sapateiro botando um caco com goma para esfriar, caíram nele sete moscas, que ficaram presas e morreram. O discípulo, vendo aquilo, aconselhou ao mestre que escrevesse em letras grandes na copa de seu chapéu: "João Gurumete, que de um golpe só matou sete". Assim ele fez.

O povo, quando viu aquilo, ficou pensando que o sapateiro era um homem muito valente. Aconteceu que apareceu um bicho bravo, que andava acabando tudo, comendo a gente. Era um bicho de sete cabeças e sete línguas; todos os dias ele vinha buscar sua porção de gente e, de sete em sete, já tinha acabado os meninos da cidade e estava devorando as donzelas. O rei mandou suas tropas acabarem com o bicho, mas nada puderam fazer. Foram dizer ao rei que havia na cidade um homem muito destemido que só dum golpe tinha matado sete, e que só ele é que podia dar cabo do bicho. O rei mandou chamar o João Gurumete e o mandou acabar com aquela fera. O sapateiro ficou muito assustado, mas não deu a entender ao rei, e disse que ia matar o monstro. Saindo da presença do rei, foi ter com o discípulo, quase chorando, que o valesse, que desta feita ele morreria. O discípulo lhe disse:

— Não tem nada; lá onde se encontra o bicho há uma igreja velha; você corra, quando o avistar, e entre pela igreja adentro, e saia por um buraco que tem no fundo, e deixe estar que o bicho há de entrar também, e então você feche a porta, e ele fica preso lá dentro e morre de fome, e está acabada a história.

João Gurumete ficou muito contente e partiu; muita gente o acompanhou para ver a morte do monstro. Quando o Gurumete avistou o bicho, meteu-se no mundo largo numa desfilada e entrou pela igreja adentro. O bicho-fera o acompanhou e entrou também. O sapateiro saiu pelo buraco que havia no fundo da igreja, e o bicho, por ser muito grande, não pôde passar por ali. O povo, que estava da banda de fora, fechou a porta, e o animal morreu lá dentro de fome. João, então, cortou-lhe as sete cabeças e foi levar ao rei, que lhe deu o título de conde e muito dinheiro. Passou-se.

Quando foi de outra vez, apareceram três gigantes muito grandes e temíveis que estavam assolando tudo, matando e roubando, e ninguém podia dar cabo deles. Avisaram ao rei que só o Gurumete era capaz de acabar com aquela peste. O rei mandou-o chamar e o encarregou de livrar a cidade de tanto flagelo. O sapateiro, desta vez, saiu mais morto do que vivo, e foi ter com o seu discípulo, dizendo:

— Agora sim, estou perdido; aquele bicho sempre era bicho, e foi fácil de enganar; mas estes gigantes são gente, e como hei de acabar com eles? Desta eu me vou...

O discípulo lhe disse:

— Não tem nada; vá escondido; antes de os gigantes chegarem, trepe-se num pé de árvore, onde eles costumam comer e descansar, e amarre lá em cima três pedras muito grandes que correspondam à cabeça de cada um. Quando eles estiverem dormindo, corte a corda de uma pedra e deixe cair a pedra em cima da cabeça do primeiro, depois a outra, e depois a outra, e deixe estar.

João Gurumete partiu; chegando na tal árvore muito grande, avistou logo as três covas que havia no chão, feitas pelo peso dos corpos dos gigantes, por ali dormirem. Pegou em três pedras muito pesadas e amarrou lá em cima, em três galhos da árvore, que correspondiam às cabeças dos três gigantes, e trepou-se também lá, muito quietinho e escondido nas folhas. Quando os gigantes vinham chegando, foi aquele zoadão, e o Gurumete teve tanto medo que quase roda de cima embaixo. Os gigantes lá chegaram, e quase batiam com as cabeças onde estava o mestre sapateiro. Ali comeram e beberam a rachar; ficaram muito tontos, se deitaram e pegaram no sono. Aí o João cortou a corda de uma das pedras, que caiu bem em cima da cabeça de um deles, que acordou e disse:

— Má está a história; vocês já começam com as brincadeiras, já estão me dando cocorotes.

Tornaram a pegar no sono.

Aí o Gurumete pegou e cortou as cordas de outra pedra, que bateu na cabeça de outro gigante, e ele, pensando também que era algum cocorote dado por um dos camaradas, zangou-se muito, e disse que, se a coisa continuasse, ele ia às vias de fato. Fizeram muita algazarra e tornaram a pegar no sono. Daí a pedaço o sapateiro largou a derradeira pedra, que bateu na cabeça do terceiro. Eles não tiveram mais dúvida não, bateram mão nos alfanjes e avançaram um para o outro, e brigaram até ficarem todos três estendidos no chão. João Gurumete desceu, cortou as cabeças dos três e levou-as para mostrar ao rei.

Houve muitas festas; o conde Gurumete recebeu o título de general e muito dinheiro, e ficou muito rico. Passou-se.

Daí a tempos saíram umas guerras para o rei vencer, e as tropas do rei estavam já quase acabadas e morto o general Lacaio, em quem os soldados tinham mais ânimo. O rei ficou muito desanimado, e os conselheiros lhe disseram que não havia remédio senão chamar o general conde João Gurumete, que de um golpe matou sete. O rei mandou-o chamar para ir vencer as guerras, e então lhe havia de dar sua filha em casamento. Desta feita o sapateiro quase cai para trás de medo. Foi ter com o discípulo, e disse:

— O bicho e os gigantes eram tolos, e agora as guerras com ferro e fogo... Valha-me Deus!

O antigo discípulo o animou, dizendo:

— Vista-se com a fardamenta do general Lacaio, monte-se no seu cavalo, e deixe estar o resto.

O Gurumete partiu; lá no acampamento dos soldados não sabiam ainda da morte do general Lacaio, porque os enganavam dizendo que ele tinha ido à corte falar com o rei. Gurumete meteu-se na fardamenta de Lacaio, montou-se bem armado no cavalo dele, e avançou pra frente. O cavalo disparou, e o sapateiro, que não sabia montar, ia caindo e pôs-se a gritar:

— Lá caio, lá caio, lá caio!...

Os soldados, que ouviram isto, supuseram que era o seu antigo general, avançaram com força e derrotaram os inimigos. Assim acabaram-se as guerras, ficando Gurumete por vencedor, e casou-se com a filha do rei. Na noite do casamento houve uma grande festa, e o antigo sapateiro bebeu demais e, quando foi se deitar, caiu na cama como um porco roncando e pôs-se a sonhar alto:

— Puxa mais este ponto, bate esta sola, encera a linha, olha a tripeça!

A princesa ficou muito espantada e desgostosa e queixou-se ao pai no outro dia que estava casada com um sapateiro, tanto que ele tinha sonhado toda a noite com os objetos de sua tenda; o rei mandou ficar tropa à espreita, e disse à filha:

— Se ele esta noite sonhar como ontem, me avisa, que ele será preso e morto.

O discípulo de Gurumete soube disto e o avisou:

— Olhe que você está pra levar a carepa, se esta noite sonhar com coisas da tenda, como na noite passada; não beba hoje nada; e quando for pra cama finja que está dormindo e sonhando com uma guerra, grite aos soldados, pegue na espada, risque pelas paredes, e deixe estar.

Assim fez. Na cama fingiu que dormia, pôs-se a gritar comandando as tropas, pegou na espada e quase feriu a princesa, que teve um grande susto. O rei, que ouviu isto, ficou muito satisfeito e repreendeu a filha, dizendo:

— Estás casada com um grande homem, um valente guerreiro, e me andas com histórias de sapateiro! Não me repitas outra.

Daí por diante Gurumete dormiu em paz, sonhando sempre com solas e sapatos.

A Fonte das Três Comadres

Havia um rei que cegou. Depois de ter empregado todos os recursos da medicina, deixou de usar de remédios, e já estava desenganado de que nunca mais chegaria a recobrar a vista. Mas uma vez foi uma velhinha ao palácio pedir uma esmola e, sabendo que o rei estava cego, pediu para falar com ele para lhe ensinar um remédio. O rei mandou-a entrar, e então ela disse:

— Saberá vossa real majestade que só existe uma coisa no mundo que lhe possa fazer voltar a vista, e vem a ser: banhar os olhos com água tirada da Fonte das Três Comadres. Mas é muito difícil ir-se a essa fonte, que fica no reino mais longe que há daqui. Quem for buscar a água deve-se entender com uma velha que existe perto da fonte, e ela é quem deve indicar se o dragão está acordado ou dormindo. O dragão é um monstro que guarda a fonte, que fica atrás de umas montanhas.

O rei deu uma quantia à velha e a despediu. Mandou preparar uma esquadra pronta de tudo e enviou o seu filho mais velho para ir buscar a água, dando-lhe um ano para estar de volta, não devendo ele saltar em parte alguma para não se distrair.

O moço partiu. Depois de andar muito, foi aportar a um reino muito rico, saltou para terra e namorou-se lá das festas e das moças, despendeu tudo quanto levava, contraiu dívidas e, passado o ano, não voltou para a casa de seu pai. O rei ficou muito maçado e mandou preparar nova esquadra e enviou seu filho do meio para buscar a água da Fonte das Três Comadres. O moço partiu e, depois de muito andar, foi ter justamente ao reino em que estava já arrasado seu irmão mais velho. Meteu-se lá também no pagode e nas festas, pôs fora tudo que levava e, no fim de um ano, também não voltou. O rei ficou muito desgostoso. Então seu filho mais moço, que ainda era menino, se lhe apresentou e disse:

— Agora quero eu ir, meu pai, e lhe garanto que hei de trazer a água!

O rei mangou com ele, dizendo:

— Se teus irmãos, que eram homens, nada conseguiram, o que farás tu?

Mas o principezinho insistiu, e a rainha aconselhou ao rei para mandá-lo, dizendo:

— Muitas vezes donde não se espera, daí é que vem.

O rei anuiu, e mandou preparar uma esquadra e enviou o príncipe pequeno. Depois de muito navegar, o mocinho foi dar à terra onde estavam presos por dívidas os seus irmãos; pagou as dívidas deles, que foram soltos. Quiseram dissuadi-lo de continuar a viagem e o

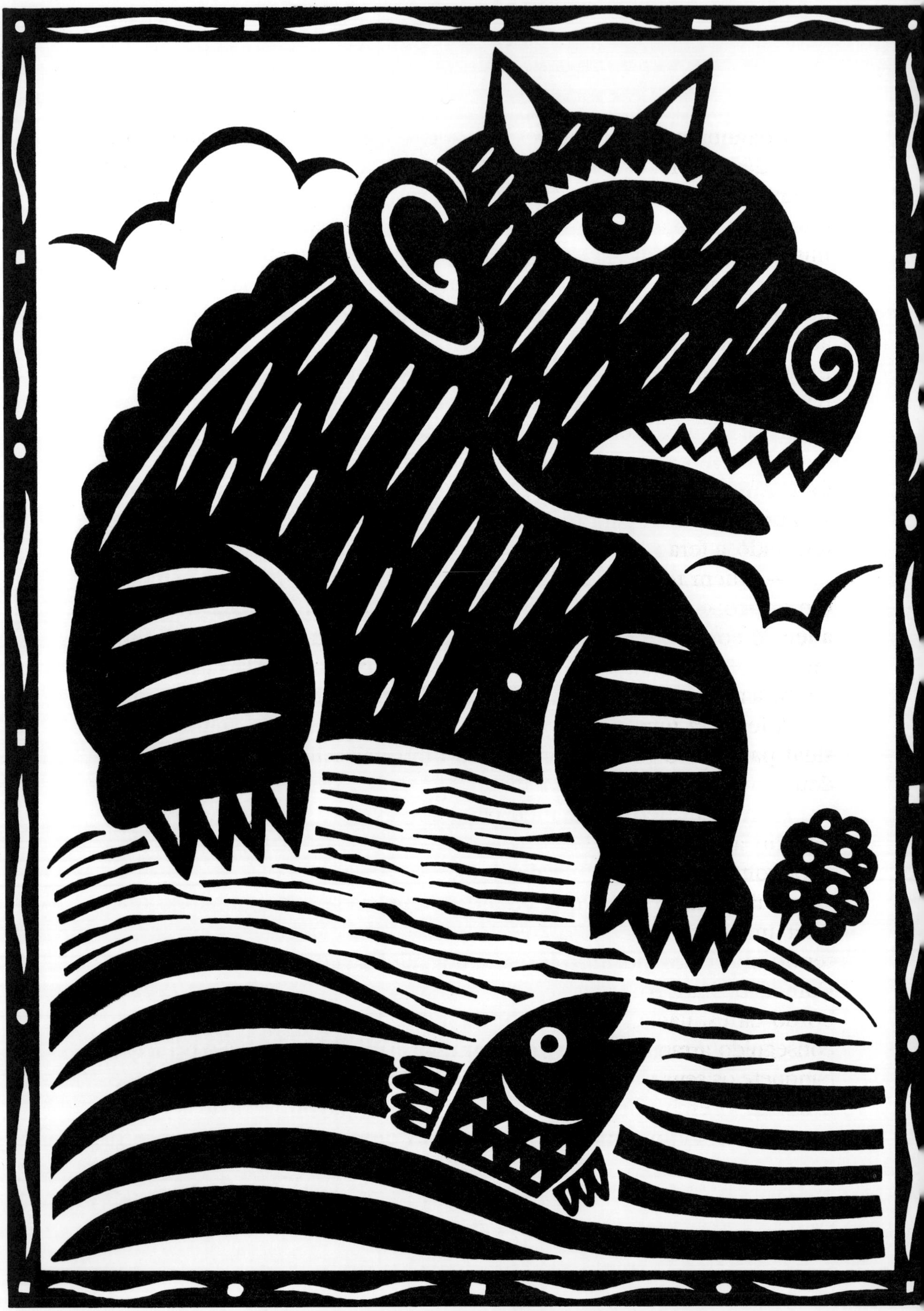

convidaram para ali ficar com eles; mas o menino não quis e continuou a sua derrota. Depois de ainda muito navegar, o príncipe chegou ao lugar indicado pela velha. Desembarcou sozinho, levando uma garrafa, e foi ter à casa da velha, vizinha da fonte, a qual, quando o viu, ficou muito admirada, dizendo:

— Ó, meu netinho, o que veio cá fazer?! Isto é um perigo; você talvez não escape. O monstro que guarda a fonte, que fica ali entre aquelas montanhas, é uma princesa encantada que tudo devora. Você procure uma ocasião em que ela esteja dormindo para poder chegar, e repare bem que quando a fera está com os olhos abertos é que está dormindo, e quando está com eles fechados é que está acordada.

O príncipe tomou as suas precauções e partiu. Chegando lá na fonte avistou a fera com os olhos abertos. Estava dormindo. O mocinho se aproximou e começou a encher sua garrafa. Quando já se ia retirando, a fera acordou e lançou-se sobre ele.

— Quem te mandou vir a meus reinos, mortal atrevido? — dizia o monstro; e o moço ia-se defendendo com sua espada até que feriu a fera, e com o sangue ela se desencantou; e então disse: — Eu devo me casar com aquele que me desencantou; dou-te um ano para vires me buscar para casar, senão eu te irei ver.

A fera era uma princesa, a coisa mais linda que dar-se podia. Em sinal para ser o príncipe conhecido quando viesse, a princesa lhe deu uma de suas camisas.

O príncipe partiu de volta para a terra de seus pais; quando chegou ao reino onde estavam seus irmãos, os levou para bordo para voltarem para seu país. Os outros príncipes seguiram com ele. O menino tinha guardado a sua garrafa no seu baú, e os irmãos queriam roubá-la para lhe fazer mal e se apresentarem ao pai como tendo sido eles que tinham alcançado a água da Fonte das Três Comadres. Para isto propuseram ao pequeno dar-se um banquete a bordo da esquadra a toda a oficialidade, em comemoração a ter ele conseguido arranjar o remédio para o rei. O pequeno consentiu, e no banquete os seus irmãos, de propósito, propuseram muitas saúdes, com o fim de o embriagarem e poderem roubar-lhe a garrafa do baú. O pequeno de fato bebeu demais e ficou ébrio; os manos então tiraram-lhe a chave do baú, que ele trazia consigo, e abriram-no e tiraram a garrafa d'água, e botaram outra no lugar, cheia de água do mar.

Quando a esquadra se apresentou na terra do rei, todos ficaram muitos satisfeitos, sendo o príncipe menino recebido com muitas festas; mas quando foi botar a água nos olhos do rei, este desesperou com o ardor, e então os seus dois outros filhos se apresentaram, dizendo que o pequeno era um impostor e que eles é que tinham trazido a verdadeira água, e deitaram dela nos olhos do pai, o qual sentiu logo o mundo se clarear e ficou vendo, como dantes. Houve grandes festas no palácio, e o príncipe mais moço foi mandado matar. Mas os matadores tiveram pena de o matar e deixaram-no numas brenhas, cortando-lhe apenas um dedo, que levaram ao rei. O menino foi dar à casa de um roceiro, que o tomou como seu escravo e muito o maltratava. Passado um ano, chegou o tempo em que ele tinha de voltar para se ir casar, segundo tinha prometido à princesa da Fonte das Três Comadres, e, não aparecendo, ela mandou aparelhar uma esquadra muito forte e partiu para o reino do moço príncipe. Chegando lá, mandou à terra um parlamentar avisar ao rei para lhe mandar o príncipe, que há um ano tinha ido a seus reinos buscar um remédio, e que lhe tinha prometido casamento, isto sob pena de mandar fazer fogo sobre a cidade. O rei ficou muito agoniado, e o mais velho de seus filhos se apresentou a bordo, dizendo que era ele. Chegando a bordo, a princesa lhe disse:

— Homem atrevido, que é do sinal de nosso reconhecimento?

Ele, que nada tinha, nada respondeu, e voltou para terra muito enfiado. Nova intimação para terra, e então foi o segundo filho do rei, mas o mesmo lhe aconteceu. A princesa mandou acender os morrões, e mandou nova intimação a terra. O rei ficou aflitíssimo, supondo que tudo se ia acabar, porque seu último filho tinha sido morto por sua ordem. Aí os dois encarregados de o matar declararam que o tinham deixado com vida, cortando-lhe apenas um dedo. Então, mais que depressa, se mandaram comissários por toda a parte procurando o príncipe, dando os sinais dele, e prometendo um prêmio a quem o trouxesse. O roceiro, que o tinha em casa, ficou mais morto do que vivo quando soube que ele era filho do rei; botou-o logo nas costas e o levou ao palácio, chorando.

O príncipe foi logo lavado e preparado com sua roupa, que a rainha tinha guardado, e que já lhe estava um pouco apertada e curta. O prazo que a princesa tinha concedido já estava a expirar, e já se iam acendendo os morrões para bombardear a cidade, quando o príncipe fez sinal de que já ia. Chegando à esquadra, foi logo reconhecido pela princesa, que lhe exigiu o sinal do reconhecimento, e ele lho apresentou. Então seguiu com ela, com quem se casou, e foi governar um dos mais ricos reinos do mundo. Descoberta assim a pabulagem dos dois filhos mais velhos do rei, foram eles amarrados às caudas de cavalos brabos, e morreram despedaçados.

História de João

Houve um homem que teve um filho chamado João; morrendo o pai, o filho herdou um gato, um cachorro, três braças de terra e três pés de bananeiras. João deu o cachorro ao vizinho, vendeu as bananeiras e as terras, e comprou uma viola. Foi tocar no pastorador das ovelhas do rei; quando o pastor chegava, ele se escondia, e nunca o pastor podia ver quem tocava a viola. As ovelhas, já muito acostumadas com o som da viola, não queriam mais se recolher ao curral, e quando o vaquejador as perseguia elas se metiam pelo mato, e cada dia desaparecia uma cabeça. João as ia juntando e exercitando ao som da viola todas as manhãs e tardes, e acostumando-as com o gato seu companheiro. O rei, vendo as suas ovelhas sumidas, e pensando ser desmazelo do pastor, o despediu. Vindo João à feira fazer compras para levar para o mato, viu um criado do rei procurando um homem ou menino que quisesse ser pastejador de suas ovelhas. Logo que o criado viu a João, se agradou dele e disse:

— Amarelo, queres tu servir ao rei como seu pastor?

Respondeu João:

— Que qualidade de rei é este que não caça e pasta no mato e precisa de ser pastorado? Esse rei é de pena, pelo ou cabelo?

O criado insultou-se, e disse-lhe:

— Como te chamas?

João respondeu:

— O menino ditoso.

O criado tomou-lhe o nome e largou-se para o palácio, e contou ao rei o que se tinha passado. Logo o rei mandou buscar o Ditoso debaixo de prisão. Chegou João com a sua viola e o gato metido num saco, e disse:

> — *Deus salve, rei senhor,*
> *Nesta vossa monarquia!*
> *Salve a mim primeiramente*
> *E depois a companhia.*

Disse o rei:

— Saibas que estás com sentença de morte, se não deres conta de todas as ovelhas que fugiram do rebanho.

Respondeu o Ditoso:

— Eu sei lá quantas ovelhas faltam ao rebanho!

Disse o rei:

— Fugiram mil, e quero todas aqui.

Retirou-se o João bem fresco; foi para o mato e deitou-se a dormir, e o gato foi caçar rolas para o jantar. Chegando a tarde, acordou o Ditoso e viu que nada ainda tinha feito, e pôs-se a tocar viola. Logo se reuniram todas as ovelhas, que eram duas mil e trezentas. Ele foi tocando a viola e seguindo para o palácio do rei, e as ovelhas foram acompanhando. O rei ficou espantado de ver tantas ovelhas, e disse-lhe:

— Como pudeste ajuntar tantas ovelhas?

Respondeu:

— Achei-as à toa.

— Serão minhas todas? — perguntou o rei.

— Quem sabe não sou eu: veja se as conhece, eu trouxe as que encontrei.

— Tu agora tomarás conta do rebanho, que agora és meu pastor.

No outro dia, antes de o Sol sair, o Ditoso pediu que batessem na porta do rei e dissessem que era tempo de seguirem para o mato. O rei acorda e chega à janela e diz:

— Vai, Ditoso, pastorar.

O Ditoso respondeu:

— Não posso sair sem rei, senhor, seguir no meio do rebanho, visto ser eu seu pastor, como disse.

— És o pastor das ovelhas do rei — disse este.

— Agora sim — respondeu João —, já me convenço de que o rei, meu senhor, não é de lã, nem de pena ou pelo: é rei de cabelo.

Nisto seguiu com o gato e as ovelhas para o mato.

A cumbuca de ouro e os maribondos

Havia dois homens, um rico e outro pobre, que gostavam de fazer peças um ao outro. Foi o compadre pobre à casa do rico pedir um pedaço de terra para fazer uma roça. O rico, para fazer peça ao outro, lhe deu a pior terra que tinha. Logo que o pobre teve o sim, foi para casa dizer à mulher, e foram ambos ver o terreno. Chegando lá nas matas, o marido viu um cumbuca de ouro, e, como era em terras do compadre rico, o pobre não a quis levar para casa, e foi dizer ao outro que em suas matas havia aquela riqueza. O rico ficou logo todo agitado, e não quis que o compadre trabalhasse mais nas suas terras. Quando o pobre se retirou, o outro largou-se com a sua mulher para as matas a ver a grande riqueza. Chegando lá, o que achou foi uma grande casa de maribondos; meteu-a numa mochila e tomou o caminho do mocambo do pobre, e logo que o avistou foi gritando:

— Ó compadre, fecha as portas, e deixa somente uma banda da janela aberta!

O compadre assim fez, e o rico, chegando perto da janela, atirou a casa de maribondos dentro da casa do amigo, e gritou:

— Fecha a janela, compadre!

Mas os maribondos bateram no chão, transformaram-se em moedas de ouro, e o pobre chamou a mulher e os filhos para as ajuntar. O ricaço gritava então:

— Ó compadre, abra a porta!

Ao que o outro respondia:

— Deixe-me, que os maribondos estão me matando!

E assim ficou o pobre rico, e o rico ridículo.

A mulher dengosa

Era uma vez um homem casado com uma mulher muito dengosa, que fingia não querer comer nada diante do marido. O marido foi reparando naquelas afetações da mulher, e quando foi um dia ele lhe disse que ia fazer uma viagem de muitos dias. Saiu e, em vez de partir para longe, escondeu-se por detrás da cozinha, num cocho.

A mulher, quando se viu sozinha, disse para a negra:

— Ó negra, faz aí uma tapioca bem grossa, que eu quero almoçar.

A negra fez, e a mulher bateu tudo, que nem deixou farelo. Mais tarde ela disse à negra:

— Ó negra, me mata aí um capão e me ensopa bem ensopado para eu jantar.

A negra preparou o capão, e a mulher devorou todo ele, e nem deixou farelo.

Mais tarde a mulher mandou fazer uns beijus muito fininhos para merendar. A negra os aprontou, e ela os comeu. Depois, já de noite, ela disse à negra:

— Ó negra, prepara-me aí umas macaxeiras bem enxutas para eu cear.

A negra preparou as macaxeiras, e a mulher ceou com café. Nisto caiu um pé-d'água muito forte. A negra estava tirando os pratos da mesa quando o dono da casa foi entrando pela porta adentro. A mulher foi vendo o marido e dizendo:

— Oh! marido, com esta chuva tão grossa você veio tão enxuto?

Ao que ele respondeu:

— Se a chuva fosse tão grossa como a tapioca que vós almoçastes, eu viria tão ensopado como o capão que vós jantastes; mas como ela foi fina como os beijus que vós merendastes, eu vim tão enxuto como a macaxeira que vós ceastes.

A mulher teve uma grande vergonha e deixou-se de dengos.

A lebre encantada

Havia em um reino um rei que tinha um filho. Um dia o rei estava muito doente e disse ao filho que fosse matar uma caça para ele comer. O príncipe saiu com uma espingarda e, quando viu, foi sair do mato uma lebre toda branca. O príncipe correu atrás dela para pegá-la, quando de repente abriu-se um buraco no chão e a lebre entrou, levando consigo o príncipe. Quando este viu, estava dentro de um palácio muito bonito e rico, tendo nele uma princesa também muito formosa. O príncipe ficou tão encantado da beleza da princesa que nunca mais se lembrou do palácio do pai e nem deste. Passado muito tempo, vai um dia o príncipe lavar as mãos e tira do dedo uma joia que o pai tinha lhe dado. Aí ele lembra-se de seu palácio e da família, e diz à princesa que ia vê-los. A princesa instou muito para que ele não fosse, mas ele disse que ia e tornava a voltar. A princesa então bateu com uma vara no lugar onde ela tinha entrado com o príncipe, e o chão logo abriu-se e o príncipe passou. Quando chegou ao palácio do pai, achou-o todo coberto de luto e abandonado, pois já tinha morrido toda a família de desgosto por causa do desaparecimento do príncipe. Este ficou muito triste e não quis voltar mais para o palácio da princesa. Saiu sem destino, tendo trocado a roupa de príncipe por uma de um sapateiro, e deu em uma cidade que estava toda em festa. Ele foi e perguntou que festa era aquela; então disseram que era porque a princesa deste lugar era a moça mais bonita do mundo. O príncipe, que estava mudado em sapateiro, pediu que lhe mostrassem a princesa, e disse, quando a viu, que já tinha visto uma moça muito mais bonita. Correram e foram logo dizer ao rei que aquele sapateiro tinha dito que conhecia uma princesa muito mais bonita que a filha dele. O rei mandou chamar o sapateiro e disse que, sob pena de morte, ele havia de trazer a princesa à presença dele. O sapateiro pediu o prazo de quinze dias e saiu. Quando chegou ao lugar onde a lebre tinha entrado com ele, principiou a cavar. Levou muito tempo cavando, porque a terra estava muito dura, mas afinal conseguiu passar.

Aí encontrou o palácio da princesa todo fechado. Ele bateu na porta e apareceu uma criada. Quando esta viu o príncipe, disse:

— Príncipe, meu senhor, a princesa está muito doente por sua causa; só o que diz é: "Ah! ingrato, que foste e nunca mais vieste quebrar os meus encantos".

A criada disse mais que naquele dia à meia-noite o mar crescia muito e afogava todo o palácio, e então entrava um peixe muito grande e engolia a princesa, mas se tivesse uma pessoa que matasse o peixe, que quebrava os encantos da princesa. O príncipe quis ir falar com a princesa, mas a criada disse que não, porque ela podia morrer mais depressa. Aí o mar principiou a crescer, e a princesa, a ficar pior. O príncipe foi ver uma espada e escondeu-se atrás de uma janela. O mar foi tomando o palácio, e quando foi meia-noite, que o peixe entrou para engolir a princesa, o príncipe meteu-lhe a espada e o matou. O mar foi diminuindo outra vez, e a princesa escapou. Então o príncipe apareceu, e a princesa ficou muito alegre, e houve muita festa. Depois o príncipe disse:

— Princesa, eu já lhe salvei a vida, agora você é que vai salvar a minha — e contou que, sob pena de morte, havia de mostrar uma princesa mais bonita que a filha do rei.

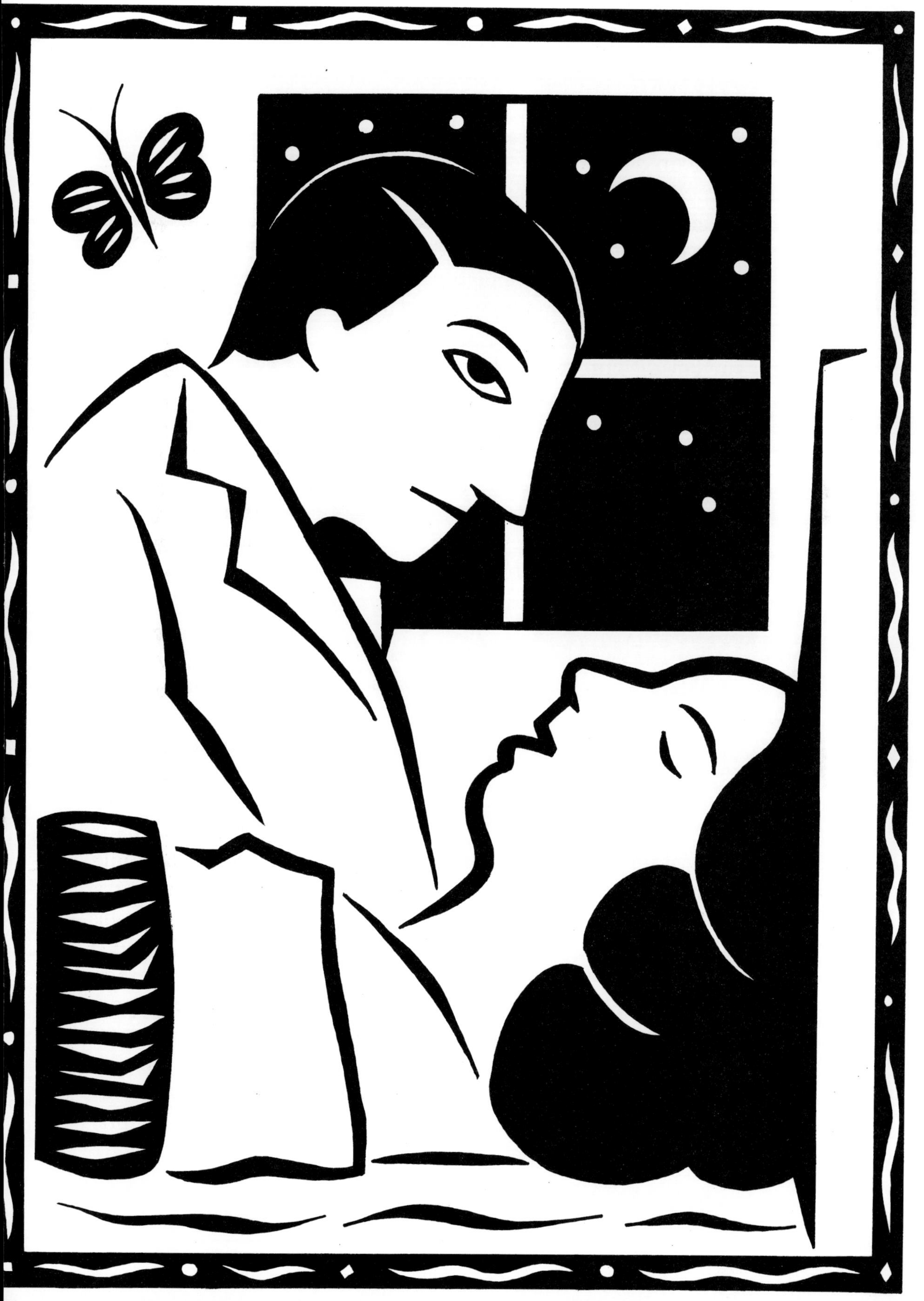

A princesa disse que ele fosse descansado. Ele saiu e chegou no outro reino no dia marcado. Já estava a forca armada para ele morrer. Então ele pediu ao rei que esperasse mais um pouco. Quando se viu, foi aparecer uma nuvem de prata. Veio descendo, descendo, quando chegou no meio do povo apareceu uma criada toda coberta de prata, dizendo:

— Arreda, povo, deixa botar a cadeirinha de minha sinhá.

Aí o povo ficou pasmado. O sapateiro tornou a pedir ao rei que esperasse mais um bocadinho, que ainda não era aquela. Apareceu outra nuvem de ouro e foi descendo, quando chegou no meio do povo apareceu uma criada toda coberta de ouro, e disse:

— Arreda, povo, deixa botar a cadeirinha de minha sinhá.

O sapateiro tornou a pedir ao rei que esperasse, quando apareceu uma nuvem de brilhante e foi descendo. Quando chegou no meio do povo apareceu uma moça linda e toda coberta de brilhantes, que era a princesa, e assentou-se no meio das duas criadas. Quando o rei e a princesa viram aquela beleza, reviraram de cima das janelas do palácio e caíram mortos.

Os três moços

Diz que foi um dia havia em um reino uma princesa muito bonita. Um dia apareceram três moços, cada qual querendo casar-se com ela. Para decidir a questão, o rei disse que a princesa só se casaria com aquele que trouxesse uma coisa que mais lhe causasse admiração.

Os três moços saíram. Quando chegaram em uma estrada se despediram e marcaram um dia para se acharem todos três naquele mesmo lugar. Se separaram, e cada qual tomou seu caminho. O primeiro caminhou muito até que deu em uma cidade. Quando ele ia passando por uma rua, ouviu um menino gritando:

— Quem quer me comprar um espelho?

Ele chegou-se para o menino e disse:

— Menino, que virtude tem este espelho?

O menino respondeu:

— Este espelho tem a virtude de ver tudo o que se passa em todo lugar.

O moço disse consigo:

— Bravo, sou eu que me caso com a princesa — e comprou o espelho.

O outro moço também caminhou muito e deu noutra cidade. Quando ele ia passando por uma rua, ouviu um homem gritando:

— Quem quer me comprar uma bota?

Ele chegou junto do homem e disse:

— Meu senhor, que virtude tem essa bota?

O homem respondeu:

— Esta bota tem o poder de botar a gente no lugar que se quer.

O moço disse:

— Bravo, sou eu que me caso com a princesa — e comprou a bota.

O terceiro moço também caminhou, caminhou, até que deu também numa cidade. Quando ele viu, foi um menino gritando:

— Quem quer me comprar um cravo que tem a virtude de dar vida a quem está morto?

O moço disse consigo:

— Bravo, sou eu que me caso com a princesa — e comprou o cravo.

Quando chegou o dia marcado, se acharam todos três na mesma estrada. O moço do espelho foi e abriu o espelho. Quando ele abriu o espelho, viu a princesa estirada, morta. O moço da bota disse:

— Não tem nada; se metam aqui dentro desta bota.

Se meteram todos três dentro da bota, e o moço disse:

— Bota, nos bota no reino da rainha Fulana.

No mesmo instante estavam lá. Quando chegaram lá, acharam a princesa morta. O moço do cravo foi e botou o cravo no nariz da princesa. Quando viram, foi ela se levantar viva. Agora disse o moço do espelho:

— Eu sou que devo me casar com a princesa, porque, se não fosse meu espelho, vocês não sabiam que ela estava morta.

Diz o moço da bota:

— Eu sou que devo me casar com a princesa, porque, se não fosse minha bota, vocês ainda não estavam aqui.

Diz o moço do cravo:

— Quem deve se casar com a princesa sou eu, porque, se não fosse meu cravo, ela não estava viva.

Ainda hoje estão nesta peleja, querendo cada qual se casar com a princesa, e o rei sem saber a quem escolherá para noivo.

Entrou por uma porta,
Saiu por um canivete,
Diga a El-Rei meu senhor
Que me conte sete.

O salteador arrependido

Era um vez um salteador de estrada que vivia retirado nas furnas da serra, escondido da polícia, só ele com a mulher.

Uma ocasião foi fazer uma espera. Atirou no primeiro viajante que passou. O homem caiu morto. O ladrão foi correndo apalpar os bolsos do defunto.

Não achou nem um tostão. Viu que era um homem muito pobre e ficou arrependido. Chegou em casa e já contou à companheira o que se passou. Atirou para longe a arma e daí em diante viveu só das plantinhas que os dois faziam, e das frutas do mato.

Passaram-se alguns anos. Um dia ele chamou a mulher e disse-lhe:

— Eu vou morrer. Vancê me promete que, mal eu acabar de morrer, me deixa do jeito que estou e vai se empregar no povoado?

Ela prometeu. Chorou muito a morte do marido e veio vindo para o povoado. A mulher parecia um bicho do mato. Pulou uma cerca e saiu num quintal. Três enormes buldogues correram para o lado dela, e a mulher passava a mão assim na cabeça deles, e depois entrou na casinha dos cães.

O quintal era do "seo" vigário. Por acaso o sacristão passou por ali e viu tudo. Foi contar ao patrão. O "seo" vigário veio ver; a mulher contou que veio da serra e mais nada. Aceitou roupa e comida e se empregou ali mesmo. Todas as tardes ela ficava no terreiro, olhando para a banda da serra. Daí a alguns dias veio uma seca muito grande. Já o povo não sabia com que santo se apegar para pedir chuva. Ia haver uma miséria muito grande.

Então, uma vez o sacristão ouviu a mulher dizer, olhando para a serra:

— Enquanto meu marido estiver na serra, não vem chuva na terra!

Foi contar a "seo" vigário. "Seo" vigário foi perguntar à mulher o que significava aquilo. Então ela contou tudo.

O vigário arranjou uma procissão bonita, muito bonita, mandou abrir o caminho, ela sempre adiante, e quando chegaram na casa, estava o cadáver no meio da sala, inteirinho, sem mau cheiro nenhum, e todos os bichos e feras do mato em redor, de joelhos, fazendo o guardamento.

A bicharada, então, saiu, os homens puseram o defunto no caixão e vieram vindo para o povoado, cantando e rezando que era uma lindeza. Quando o corpo acabou de entrar na igreja, caiu água, choveu, choveu que foi um dilúvio.

A mulher dizendo sempre:

— Enquanto meu marido estivesse na serra, não vinha chuva na terra.

A pena do tatanguê

Um homem, indo caçar, achou lá no mato uma pena muito bonita, que tinha caído da asa do tatanguê. Apanhou-a, dizendo consigo:

— Eu agora vou levar esta pena para casa, que é para os meninos brincarem.

Assim mesmo fez. Quando foi no outro dia, que o homem foi para o mato, o tatanguê flechou em cima dele e agarrou-o, dizendo:

— Enquanto tu não me deres a minha pena, eu não te solto.

Ao mesmo tempo, foi voando com o homem. Este, aí, gritou para o filho, que estava sentado na porta da rua:

> — *Bico subiano,*
> *Pena de tatanguê,*
> *Cadê la jacabana,*
> *Bota, bota, vamos vê.*

O menino, que não tinha ouvido bem o que o pai lhe pedira, perguntou:

— O que é, papai? O machado?

E o tatanguê voando. Tornou o homem:

> — *Bico subiano etc.*

Continuou o menino a perguntar:

— É a foice?... A pracata?... O cachimbo?...

Quando já não tinha mais nada que perguntar, lembrou-se o menino da pena do tatanguê. O homem disse que sim, e então o pássaro, que já estava lá naquelas alturas, foi descendo até chegar ao terreiro. O menino veio correndo e deu-lhe a sua pena. Então o bicho largou o homem e foi-se embora.

O beija-flor

Eram um homem e uma mulher que tinham uma filha muito bonita. Então, com medo de que algum rapaz a roubasse, traziam-na trancada a sete chaves. A pobrezinha só vivia escondida pelas camarinhas e pelos cantos da casa. Não chegava à janela, não ia ao quintal, não aparecia em lugar nenhum.

Um dia, uma escrava da casa foi à fonte buscar água para botar na panela da comida que estava no fogo cozinhando e, chegando ali, viu um beija-florzinho cantando em termo de se arrebentar, sentado num galhinho seco, lá num olho de pau:

— *Esperança, esperança.*
Hum-hum,
Tá... tá... tá-lê-lê
Sentada no cazumba,
Helena Pereira,
Hum-hum...

A negra achou aquilo tão bonito que arriou o pote, sentou-se e pôs-se a escutar o bichinho, admirada, sem se lembrar de mais nada.

Demorando muito a escrava na fonte, a mãe da moça mandou outra negra ver por que motivo era que ela não vinha com a água. Foi e ficou também sentada, ouvindo o passarinho. Assim, afinal de contas, foram todas as escravas e escravos, grandes e pequenos, ficando todos na fonte, de boca aberta, escutando o beija-flor cantar. Por último, foi a mãe da moça e também não voltou.

Depois de passado muito tempo, vendo a moça que a panela estava esturricada, apanhou um xale, embrulhou-se toda e desceu o caminho da fonte. Quando foi chegando, que o beija-flor foi avistando-a, voou-lhe em cima, agarrou-a e, num abrir e fechar d'olhos, desapareceu com ela.

Pedro Malasartes

A sopa de pedras

Um dia Malasartes bateu a uma casa e pediu almoço. Negaram-lho. Pediu então que ao menos lhe deixassem cozinhar umas pedras, pois tinha fome. A dona da casa, que era gananciosa, quis logo aprender como era que se podia comer pedra e permitiu que Malasartes entrasse. O malandro catou umas pedrinhas e pediu um pouco de gordura para as temperar. Satisfeito, pediu água, depois umas pitadas de sal, depois um punhado de arroz etc., e assim conseguiu fazer um prato suculento. Regalou-se com ele e, enquanto comia, punha de lado as pedrinhas, a que chamava "sementes".

A polícia lograda

De uma feita, sabendo que a polícia andava à sua procura, Malasartes muniu-se de uma zagaia e, quando viu que o delegado se aproximava, apontou-a para o ar, como a querer arremessá-la. O delegado chegou-se para perto dele, intrigado, e perguntou-lhe o que vinha a ser aquilo. Malasartes respondeu tranquilamente:

— É que ontem atirei um boi para os ares, e agora estou à espera de que caia para o fisgar. A autoridade ficou receosa de se meter com um homem de tanta força e foi tratando de se pôr no seguro.

A árvore de dinheiro

Um dia de manhã, vendo-se apertado com a falta de dinheiro, Malasartes arranjou com uma velha um bocado de cera e algumas moedas de vintém, e caminhou por uma estrada afora. Chegando ao pé de uma árvore, parou e pôs-se a pregar os vinténs à folhagem com a cera que levava. Não demorou muito, apareceu na estrada um boiadeiro. E como o Sol, já então levantando, fosse derretendo a cera e fazendo cair as moedas, Malasartes apanhava-as avidamente. O boiadeiro, curioso, perguntou-lhe o que fazia, e o espertalhão explicou que as frutas daquela árvore eram moedas legítimas, e ele as estava colhendo. O homem mostrou desejo de dispor da árvore encantada e, engabelado por Malasartes, acabou trocando-a pelos boizinhos.

Depois, Malasartes pôs-se ao fresco levando os bichos, e o boiadeiro ficou a arrecadar os vinténs que tombavam. Mas os vinténs acabaram-se logo, e o triste compreendeu que havia sido enganado.

Os talheres de ouro

Um dia roubaram a um rei uns ricos talheres de ouro que lhe tinham sido dados de presente por um soberano oriental. O rei fez grande empenho em descobrir o ladrão ou ladrões, mas, por mais que ele e seus parentes se esforçassem, não foi possível atinar-lhes com a pista.

Alguém se lembrou, então, de lhe inculcar o Malasartes, como única pessoa capaz de dar com os meliantes.

O rei mandou-o vir à sua presença, tratou-o bem, deu-lhe excelentes aposentos em palácio, mas declarou-lhe que dali não sairia enquanto não desvendasse o mistério. Pedro foi para o seu quarto muito preocupado, sem saber como havia de se livrar da entalação.

Depois de algumas horas, veio um criado do palácio trazer-lhe uma refeição numa bandeja, encontrando-o mudo e absorto em seus pensamentos. Quando o criado se retirava, apenas ouviu Pedro exclamar consigo, com um suspiro:

— Lá vai um!

Chegando à cozinha, contou a um companheiro o que vira, e ouvira, declarando que Pedro parecia desconfiar dele e que lá não voltaria mais.

— Pois eu vou — disse o outro, e efetivamente assim fez quando chegou a hora de se levar nova refeição a Malasartes.

Encontrou-o do mesmo modo, taciturno e preocupado, apenas exclamando quando o homem se retirava:

— Lá vão dois!

O segundo criado chegou à cozinha e contou o sucedido ao copeiro-chefe, acrescentando que realmente Pedro parecia desconfiar de alguma coisa e que lá não voltaria.

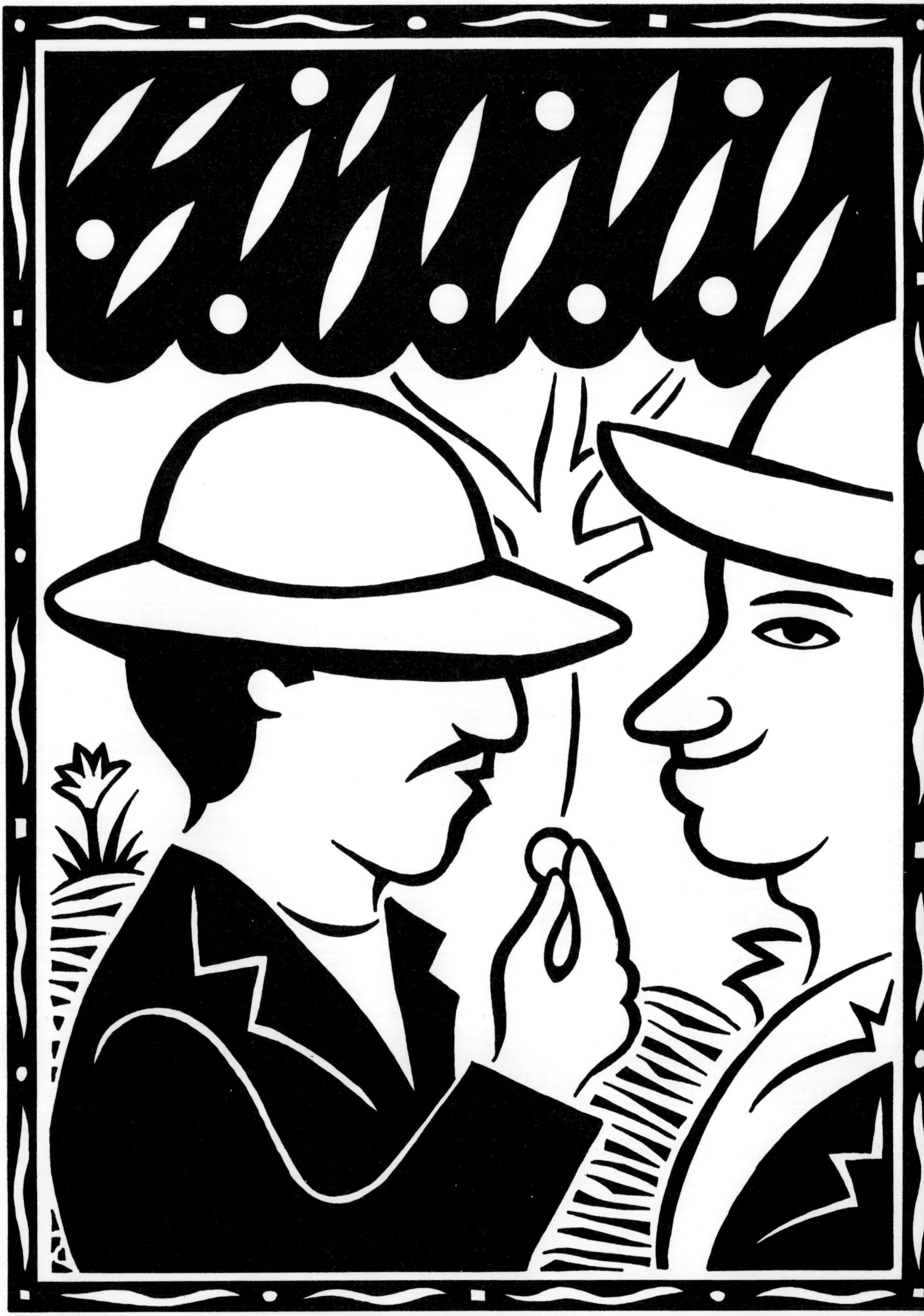

— Irei eu — bradou resolutamente o chefe. E quando foi a hora, para lá se dirigiu com a bandeja.

Repetiu-se a mesma cena presenciada pelos outros, exclamando Pedro entre si:

— Lá vão três!

O copeiro-chefe, porém, ouvindo-o, convenceu-se de que Malasartes estava realmente na posse do segredo e, sentindo fugir-lhe a valentia, abriu-se com o hóspede, confessou-lhe tudo, afirmou o seu arrependimento e rogou-lhe por caridade que não o perdesse. Respondeu-lhe Malasartes que não lhe faria mal algum, sob a condição de que trouxesse ali para o quarto, muito às ocultas, os talheres de ouro de sua majestade. Assim foi feito. No fim de três dias, o rei entrou nos aposentos de Pedro e perguntou-lhe se já tinha deslindado o problema. Pedro mostrou-lhe os talheres de ouro sobre uma mesa. O rei ficou muito admirado e agradeceu-lhe o serviço, recompensando-o generosamente.

O passeio ao céu

Cansado de vagar pelo mundo, Malasartes resolveu dar um passeio ao céu, aonde chegou com três dias de viagem. Bateu no portão do paraíso e esperou. Pouco depois ouviu a voz de São Pedro:

— Quem é?
— Sou eu.
— Eu quem?
— Pedro Malasartes.
— Que vem você fazer aqui no céu?
— Vim dar um passeiozinho, quero ver essas belezas aí dentro.
— Não pode ser, moço; no céu não entra ninguém vivo.
— Tenha paciência, São Pedro, quero só dar uma espiadinha...
— Nada, não é possível!
— Ora, abra, São Pedro, abra, por favor. É só por um instante. Deixe-me ao menos botar a cabeça aí dentro...

E tanto pediu e rogou que São Pedro, já abalado ou caceteado, entreabriu-lhe a porta para que espiasse. Malasartes deitou-se, mais que depressa, de barriga para baixo, com os pés voltados para a porta, e foi-se deslizando para dentro do céu. São Pedro protestou, mas Malasartes retrucou-lhe que o santo se havia comprometido a deixá-lo meter a cabeça no céu, e era o que estava fazendo. O chaveiro celeste não teve remédio senão conformar-se, porque palavra de santo é como a de rei, não volta atrás; e o caso é que quando a cabeça de Malasartes penetrou no céu, já estava o corpo dele inteirinho.

A mulher preguiçosa

Dizem que houve no tempo de antes um fazendeiro que tinha uma filha muito preguiçosa. Desde que acordava cedo, tomava o seu café na cama e ali ficava, sem fazer nada, mesmo a menor coisa deste mundo, nem se penteava. E não era feia.

Apareceu um moço que veio pedir ao pai a mão da preguiçosa. O pai respondeu:

— Olhe, que vossa mecê se arrepende!

— Não me arrependo, é do meu gosto! Se me acha suficiente...

— Muito, até! Por isso não é da dúvida!

Marcaram o dia. Pois aconteceu que no dia do casamento, com aquela aprontação, aquela festança grossa, a moça já ficou mais ativa e não se deitou.

No outro dia, o novo casal se despediu, e lá foi a preguiçosa ser dona de casa. O marido, com muita e santa paciência, deu tudo na mão da mulher nos três dias. Era café cedo, era almoço, era jantar!

No terceiro dia, ele falou assim:

— Mulher, eu vou à cidade comprar uma capa.

— Ora, marido, não vá! Para que uma capa?

— Não, eu já disse que vou, e é já.

Encilhou o alazão e saiu na marchadura, levantando poeira. Voltou com a capa. A mulher nem fez o jantar.

No outro dia, o marido fez o café e dependurou a capa no alpendre da varanda, perto da cozinha. E falou com a capa, bem alto, para a mulher ouvir:

— Olhe, minha capa! Eu agora vou para a roça trabalhar, e você faça o almoço! Se quando vier não estiver pronto, vai apanhar com chicote!

O homem foi, voltou, a mulher deitada, e nada de almoço. Ele fez o almoço, comeu, pegou o chicote e zás! zás! na capa.

— Então — dizia ele —, não fez o almoço, sua preguiçosa?

Deu, deu, deu, que a mulher ficou assim, tremendo, tremendo.

Antes de sair, o homem falou de novo com a capa:

— Olhe, dona capa, quando eu voltar, quero achar prontinho o jantar. Senão, o chicote vai roncar.

Mas a mulher preguiçosa não se mexeu. O marido foi, veio, fogão frio. Fez o jantar. Depois pegou o chiquierador e foi para o lado da capa e começou a bater nela com vontade, e xingando, xingando.

Nisto caiu a capa do cabide, e ele gritou para a mulher, com uma cara feia, feia, que viesse segurar a capa para ele terminar a surra. A preguiçosa pulou da cama ligeirinha que só vendo. E, de propósito, o marido deixava escapar alguma chicotada para o lado dela. A mulher gritou.

— Ah, estou errando! — respondeu ele. — Vista já a capa, assim eu acerto só nela.

Não houve remédio senão vestir a capa; e o marido, lepte, lepte; a preguiçosa estava gritando de dor e de vergonha; e depois tudo se acabou, ela foi curar as feridas, mas quem diz dormir?

Pensou, pensou e resolveu mudar de vida. Amanheceu, e ela já estava com o café na cama junto do marido. Ele foi para a roça, voltou com uma cara feia, achou o almoço pronto, foi-se embora, veio jantar, tudo prontinho. Ele só passava perto da capa e dizia:

— Ah, está criando juízo! Abuse outra vez e verá o que acontece!

A mulher ficou macia que era uma seda, só faltava adivinhar o que o marido queria. No fim, guardaram a capa. O pai da mulher soube a reviravolta no gênio da filha, veio visitá-la, ficou admirado e deu os parabéns ao genro. E aí acabou-se a história, quem puder que conte sete.

O caboclo e o Sol

Um fazendeiro apostou com um caboclo vinte mil-réis para quem visse, ao amanhecer, o primeiro raio de Sol. Ambos saíram de madrugada para o terreiro da fazenda. Estava ainda escuro como breu. O branco ficou de pé, fitando o nascente, à espera. O caboclo sentou-se numa pedra, de costas para ele, olhando o poente. Lá consigo, o fazendeiro ria da tolice do fâmulo. De repente o caboclo gritou:

— Meu amo, o Sol, o Sol!

Admirado de poder o outro ver o nascer do Sol ao poente, o fazendeiro voltou-se e, com efeito, deparou com um brilho de luz que clareava ao longe, vindo do Oriente por cima das nuvens, acasteladas, os talhados de granito das serranias. Era o primeiro raio de Sol. O caboclo ganhara a aposta.

História de Orgulina

Era uma vez uma mulher pobre chamada Orgulina. Um dia em que ela foi à fonte buscar água, encontrou um velhinho, que lhe disse:

— Ó Orgulina, como vais?

Ela respondeu:

— Eu vou indo muito bem, mas…

— O que é que te falta, Orgulina?

— Sim, eu gostava bem de morar na minha casa e com os meus móveis.

— Terás a casa e os móveis, Orgulina!

No outro dia, ela saiu da choça e viu-se numa bela casa, bem mobiliada. E já saiu à fonte buscar água. O velhinho falou:

— Ó Orgulina, como estás?
— Eu, muito bem, mas...
— Que é que faz falta, Orgulina?
— Sim, eu gostava de ter bons vestidos, capas, chapéus para passeio.
— Tudo se há de arranjar, Orgulina.

E no outro dia cedo a mulher encontrou as caixas e guarda-roupas cheios de finas peças. Voltou à fonte.

— Ó Orgulina, como vais?
— Eu, muito bem, mas...
— Que é que te faz falta?
— Sim, eu queria umas galinhas no terreiro para tomar uns ovos e uma vaquinha para beber o leite.
— Tudo se há de arranjar, ó Orgulina.

No outro dia a mulher acordou com as galinhas cacarejando e a vaquinha a berrar. Colheu os ovos e foi tirar o leite. E voltou à fonte com o cântaro.

— Ó Orgulina, como vais passando?
— Eu, muito bem, mas...
— Que desejas agora, ó Orgulina.
— Sim, eu gostava de ter um marido, ando tão só!
— Há de arranjar-se, ó Orgulina.

Quando foi no dia seguinte, apareceu na casa de Orgulina um moço com um ramo de flores na mão e pediu-a em casamento. Ela aceitou, casaram.

Passou o primeiro dia, o segundo. No terceiro dia ela pegou o cântaro e foi à fonte.

— Ó Orgulina, como estás?
— Orgulina, não senhor! Do-na Or-gu-li-na!
— Ah! é assim? Pois em poeira se torne!

Orgulina encontrou-se pobrezinha, em sua choça, como antes.

Pedro Brum

Dizem que havia antigamente um moço muito bobo, por nome Pedro Brum, que dava grande trabalho à mãe, pelas tolices que fazia.

De uma feita, a mãe de Pedro Brum o mandou comprar umas caçarolas de barro numa venda. Para trazê-las à casa, Pedro Brum furou cada uma, passou uma cordinha pelos buracos e veio arrastando aquilo pelo caminho. Chegou com os cacos em casa. A mãe falou:

— Oh! tonto!

Outra vez, ela o mandou comprar sal, mas aconselhou-o a que se acautelasse dos ladrões, escondendo a compra se os visse. A meio caminho havia um rio, e Pedro Brum viu uns homens que caminhavam depressa. Pensou que eram os ladrões e, não encontrando onde esconder o saquinho de sal, mergulhou-o na água, até que eles passaram. Quando foi tirar a encomenda para levar à casa, o sal derreteu. Chegou muito triste, com as mãos abanando. A mãe só falou:

— Oh! tonto!

Passado muito tempo, ela pensou que ele tinha criado mais juízo e, como tinha tirado um pouco de mel do cortiço, encarregou o filho de vendê-lo, recomendando-lhe muito que não vendesse fiado a ninguém.

Pedro Brum saiu gritando pela rua:

— Quem compra mel de abelha?

Apareceram muitos fregueses, mas todos lhe perguntavam se era para pagar depois. Ele dizia que não. Aconteceu então que um mosquito se assentou em cima do mel. Pedro Brum pensou:

— Este é o meu freguês que não compra fiado.

E despejou sobre o mosquito todo o mel.

— Mosquito, agora você me pague! — dizia ele.

Mas o mosquito fugiu e foi pousar na testa de um homem. Pedro Brum vinha já muito zangado, pegou um pau e záz! — deu uma paulada. O homem ficou furioso e, com o mesmo pau, surrou Pedro Brum. Pedro Brum chegou em casa sem mel e sem dinheiro. E a mãe:

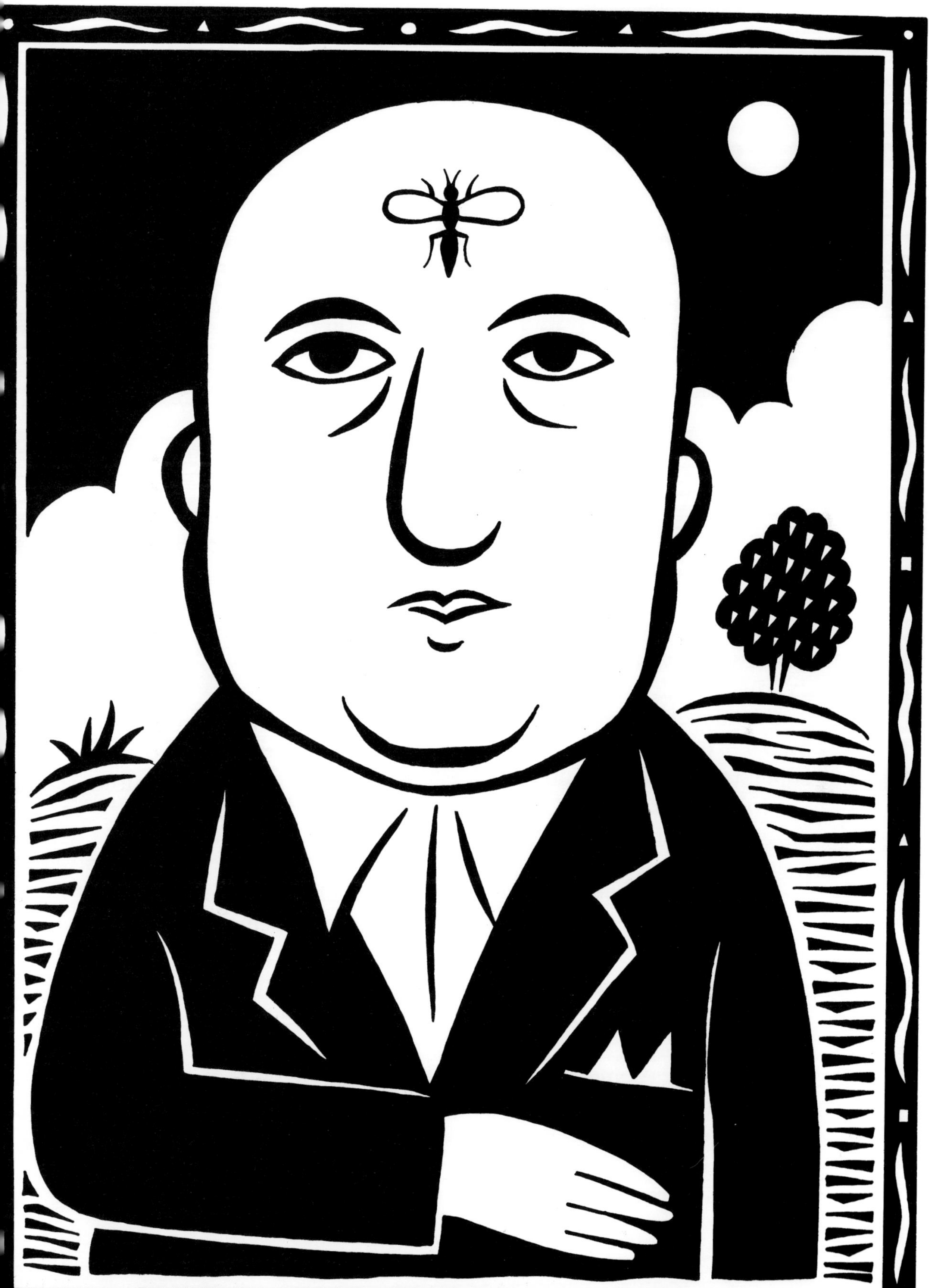

— Oh! tonto!

Já ia ficando mais velho o nosso Pedro Brum, e descuidava-se de ir ao barbeiro. Um dia ele dormiu à beira da estrada. Passou por ali um barbeiro caridoso que, vendo como estava guedelhudo o pobre homem, cortou-lhe a barba e cabelos, enquanto dormia, e foi-se embora contente da vida, por ter praticado uma boa ação. Pedro Brum acorda, apalpa a cara e a cabeça, acha-se diferente e vai perguntar à mãe se ele era Pedro Brum.

— Oh! tonto! — diz ela.

A lição do pajem

Era uma vez um pai, dono de muitas fazendas e muito cuidadoso da educação de seus filhos.

Vendo chegar o mais velho na idade de ir para a escola, fez preparar o enxoval, arrumou as canastrinhas e mandou o pajem de confiança levar o menino ao colégio do arraial.

João — era o nome do menino —, quando isto foi, já beirava nos doze anos e ainda não conhecia a primeira letra da carta de nomes.

Assim soube do intento do pai e logo foi amontado no pequira pra seguir viagem, botou a boca no mundo, chorando como bezerro novo, por via de se separar dos pais, que andavam sempre a ameaçá-lo com o cafua da escola e a santa-luzia do mestre.

Os pais queriam consolá-lo até as últimas, quando João e o pajem, crioulo velho de todo o valor, seguiram o rumo da porteira e romperam estrada.

As sodades começaram a apertar, e João abriu outra vez no choro.

Lá adiante um carneiro pastava, e o preto, para distrair o sô moço, mostrou-lhe aquele bicho tão quietinho; açucrou a voz, engabelando-o:

— Óia carneiro nhonhô... Pra que tá chorano, nhonhô?...

E João respondeu num soluçar sem parada:
— Carneiro não vai para a escola, só eu é que vou...
— Mas nhonhô não come capim, e carneiro come.
Mais adiante avistaram um boi deitado na grama.
O pajem outra vez:
— Pra que tá chorano, nhonhô? Óia como tá quieto.
— Boi não vai para a escola, só eu é que vou...
— Mas nhonhô não puxa carro, e boi puxa.
Em de mais longe avistaram um passarinho que, ao vê-los, lá se foi por esses ares. E o preto, para consolar o menino, tornou:
— Óia passarinho, como vai quietinho... Pra que tá chorano?
— Passarinho não vai para a escola, só eu é que vou...
— Mas passarinho avoa, e nhonhô não sabe avoar.
Depois viram um preto capinando, e o pajem disse:
— Óia, nhonhô, preto como trabaia, tão calado, não diz nada... Pra que tá chorano, nhonhô?
— Negro não vai para a escola, só eu é que vou...
Mas preto não sabe ler, e nhonhô vai aprender.
E num repente, enconsiderando no dizer do menino, agravado nos seus melindres, todo empetilicado, acrescentou:
— Mas também preto sabe capinar, e nhonhô não sabe; e preto capina pra nhonhô ir aprender; e preto ainda leva nhonhô na escola. Cala a boca, meu branco, que tamo chegano no arraial.
A escola ficava na entrada do povoado. O menino foi entregue ao professor.

O bicho Pondê

Era uma vez uma menina que não parava em casa. Se sua avozinha a mandava a algum lugar, demorava-se pelas estradas, distraída a brincar.

Um dia saiu a um mandado, e por lá ficou horas esquecidas. Mal se precatou, apareceu-lhe o bicho Pondê, que por força queria comê-la.

A menina começou a chorar:

— Não me mates, não. Deixa-me chegar à porta de minha madrinha.

O bicho consentiu. E lá foram os dois. Chegaram, e a menina cantou, batendo à porta:

> — *Me abre a porta,*
> *Candombe-serê,*
> *Minha madrinha,*
> *Candombe-serê,*
> *Que o bicho Pondê,*
> *Candombe-serê,*
> *Quer me comer,*
> *Candombe-serê.*

E a madrinha respondeu:

> — *Não te abro a porta,*
> *Candombe-serê,*
> *Minha afilhadinha,*
> *Candombe-serê,*
> *Eu bem te dizia,*
> *Candombe-serê,*
> *Que o bicho Pondê*
> *Te havia de comer.*

O bicho Pondê quis, de novo, matar a menina. Mas ela pediu-lhe que a deixasse ao menos chegar à porta de sua irmãzinha casada. Foram; lá chegando, a coitadinha cantou:

> — *Me abre a porta,*
> *Candombe-serê,*
> *Minha irmãzinha,*
> *Candombe-serê,*
> *Que o bicho Pondê,*
> *Candombe-serê,*

> *Quer me comer,*
> *Candombe-serê.*

A irmã respondeu-lhe, pela mesma toada, que não.

O bicho avançou para a menina, que lhe rogou a deixasse chegar à porta da tia. Novo canto e nova negativa da tiazinha. A menina pede para bater à porta da sua avozinha. Chegam. O bicho já estava impaciente, e a menina pôs-se a cantar. A avó respondeu-lhe que bem lhe dizia que o bicho Pondê a havia de comer. O bicho deu então um salto para devorar a menina. Ela, chorando, ainda lhe pediu que a deixasse chegar à porta de sua mãezinha. Caminharam. Chegando, a menina cantou, com lágrimas nos olhos e soluçando que fazia dó:

> — *Me abre a porta,*
> *Candombe-serê,*
> *Minha mãezinha,*
> *Candombe-serê,*
> *Que o bicho Pondê,*
> *Candombe-serê,*
> *Quer me comer,*
> *Candombe-serê.*

A mãe, ouvindo a vozinha de sua filha, correu a abrir a meia folha da porta, por onde entrou a menina. O bicho deu um salto. Ainda arranhou-a num dos ombros, deixando-a muito ferida. Mas teve de recuar, porque a porta se fechou.

Quando os irmãos da menina se levantaram, de madrugada, para o trabalho, deram com o bicho Pondê dormindo debaixo de uma árvore, em frente da casa, à espera da menina. Foram muito devagarinho, apontaram as armas e o mataram.

A menina, daí por diante, nunca mais se demorou, quando ia aos mandados de sua mãezinha ou avozinha.

O sapo encantado

Uma feita um lavrador passava por uma estrada quando ouviu uns gemidos de fazerem pena.

E viu um sapo gemendo debaixo de uma grande pedra. O lavrador livrou-o, e o sapo agradeceu-lhe muito o ter-lhe salvado a vida.

Passou-se muito tempo. Uma noite, o dito lavrador viajava por uma estrada deserta, quando sentiu que um sapo o estava acompanhando, a roncar:

— Um, que bum! Um, que bum! Não vá por aí! Não vá por aí!

O lavrador, meio cismado, e muito admirado de ver um bicho falar, enxotava-o.

Mas qual! O sapo lá se ia seguindo os seus passos, avisando sempre:

— Não vá por aí! Não vá por aí!

Já muito longe, na volta de um capão de mato, saltou à frente do lavrador um bandido, que lhe pôs armas ao peito, intimando-o:

— A bolsa ou a vida!

Eis que então aparece, de repente, um guerreiro vestido numa couraça e de lança em punho que, investindo para o salteador, o fez fugir à toda.

O pobre lavrador ajoelhou-se aos pés do guerreiro, agradecendo-lhe o socorro que lhe havia dado. Mas o guerreiro lhe disse:

— Nada tens que agradecer-me. Eu sou aquele sapo a quem salvaste a vida tirando-o de baixo da pedra que o esmagava. Era um príncipe guerreiro a quem um mau gênio transformara em sapo, colocando-me debaixo daquela pedra, para que alguém me salvasse e eu depois salvasse o meu salvador. Estou agora desencantado. E eu é que te devo agradecer.

Dito isto, levou o lavrador para o seu palácio, um reino muito rico, e deu-lhe um alto posto.

O bem paga-se com o bem, e não com o mal, como se costuma dizer.

Os sete pares de sapatos da princesa

Era uma vez um reino em que havia uma princesa que gastava sete pares de sapatos por noite. Ninguém podia explicar esse mistério. Vai então Joãozinho, um rapozote que andava correndo mundo e que saíra de casa com a bênção do pai, tinha chegado a essa terra e ouviu falar desse misterioso caso. O rei daria a mão da princesa em casamento a quem descobrisse tudo como era. Mas quem o tentasse e não descobrisse — era ali na certa — daria a cabeça a degolar. Muitos já tinham experimentado e recebido o grande castigo. Mas Joãozinho, que era moço de muita confiança, em suas orações pediu a sua madrinha, Nossa Senhora, que o protegesse, e apresentou-se em palácio.

Foi uma dificuldade para falar ao rei, mas por fim avistou-se com Sua Majestade, e vai então disse-lhe que estava pronto para decifrar o mistério. O rei avisou-o do que lhe havia de acontecer se não descobrisse. Ele aceitou, mas com a condição de dormir num aposento que se comunicasse com o da princesa. Ficou tudo combinado. Mas a princesa veio a saber, e ordenou à aia que pusesse dormideira no chá de Joãozinho. Dito e feito! Mas o rapaz, que era esperto, fez que bebeu, mas lançou fora o chá.

Quando se acomodaram, Joãozinho fingiu que dormia, e até roncava para melhor fingir. Mas olho esperto! E até tinha notado que debaixo da cama da princesa havia um bauzinho de folha, fechado, de onde, de vez em quando, saía um ruído.

Lá pela meia-noite ouviu uma voz. Era da princesa, que chamava:

— Calicote! Calicote!

De dentro do baú saiu um diabinho!

— É hora! É hora, princesa!

A princesa vestiu-se num momento. Pôs no bauzinho meia dúzia de pares de sapatos, os quais pares, com o que tinha nos pés, faziam sete.

O diabinho pegou do baú e saiu pela janela com a princesa. Logo depois saiu Joãozinho, muito escoteiro. Lá fora havia uma carruagem toda dourada, com cavalos pretos arreados de ouro e prata.

O Calicote e a princesa tomaram assento no carro. Joãozinho saltou para a traseira do trole, que partiu à toda.

Lá adiante apareceu de repente um campo todo de flores de bronze. Joãozinho apanhou uma, examinou-a encantado e guardou-a no bornal que levava a tiracolo.

Mais adiante atravessaram outro campo, mas agora as flores eram de prata; depois mais outro campo de flores de ouro; outro de flores de diamantes; outro de flores de rubi; e outro de flores de esmeralda.

Era mesmo uma lindeza! Joãozinho de cada um apanhava uma flor e metia no bornal, sempre mais encantado e admirado daquele mistério.

Por fim chegaram a um rico palácio, como não há na Terra. Todo alumiado e com um jardim de maravilhas, com flores de toda casta de ricos metais e pedras preciosas. Tocava uma música que era uma coisa sobrenatural. Criadagem toda de libré dourada. Convidados ricamente vestidos, todos pareciam príncipes e princesas.

Os recém-chegados uniram-se aos outros convivas e foram todos para a mesa da sala de jantar, onde havia um grande banquete. Joãozinho achou jeito de saltar uma das janelas e colocar-se debaixo da mesa.

De vez em quando algum dos convidados deixava cair um osso de peru ou de galinha, e Joãozinho apanhava e metia no bornal.

Para encurtar, logo depois começou o baile. E a cada contradança que a princesa dançava com algum dos convidados, rompia um par de sapatos que Calicote lançava para o canto, trocando-os por outros que trouxera no bauzinho. Mas Joãozinho era esperto, e ia se apoderando de um pé de cada par de botinas estragado. Quando estava para darem duas horas, a princesa disse:

— Calicote. É hora!

— Sim, princesa, vamos!

Foram tomar o trole, acompanhados até a porta pelos convidados. E Joãozinho, já se sabe — upa! para a traseira, com seu bornal bem sortido.

Foi uma disparada só, e quando deram duas horas já todos estavam nos seus aposentos. E o trole tinha desaparecido.

Calicote entrou para o bauzinho, que foi escondido debaixo da cama.
Quando amanheceu, já o rei estava aflito para saber da solução do enigma.
Quando Joãozinho saiu do quarto, foi logo chamado à presença do rei, e disse:
— Saiba Vossa Real Majestade que a resposta lhe será dada hoje, à hora do jantar, e peço que seja dado um banquete e sejam convidados o senhor bispo e a princesa.
O rei sorriu-se daquele estranho pedido. Mas, querendo ter paciência até o fim, mesmo porque não deixava de estar curioso, deu o banquete, a que compareceu toda a alta fidalguia.
O jantar ia correndo sem novidade, quando, à hora da sobremesa, Joãozinho levantou-se e brindou a princesa, dizendo que lhe queria oferecer misteriosas e ricas prendas. E disse:
— No jardim deste palácio haverá flores de bronze?
E tirou do bornal, que escondera debaixo da casaca, a flor de bronze.
A princesa empalideceu, e ele colocou a flor sobre a mesa.
— Haverá flores de prata? flores de ouro? de diamante? de rubi? de esmeralda? — e ia colocando as flores sobre a toalha.
— E pés de galinha de prata? E pés de peru de ouro? Haverá?
Todos estavam deslumbrados por ver tais coisas nunca vistas, e a princesa ia se tornando cada vez mais pálida. Mas Joãozinho continuava:
— E este sapato, conhecerá Vossa Alteza? E este? E mais este?
E ia mostrando cada sapato, até o número de sete.
— Pois tudo isto pertence a Vossa Alteza.
Já então a princesa tinha desmaiado e estava sendo socorrida, mas Joãozinho correu ao quarto, trouxe o bauzinho e pediu ao senhor bispo que o benzesse. O bispo benzeu-o, e o baú deu um estouro, desprendendo-se no ar um cheiro de enxofre que ninguém podia suportar.
Quando a princesa abriu os olhos, voltando a si, exclamou, cheia de alegria:
— Graças a Deus, estou livre!

Tinha perdido aquele mau fado que uma fada infernal lhe tinha posto, quando tinha doze anos, com inveja da sua grande beleza.

Todos festejaram o feito de Joãozinho, que se casou, daí por pouco, com a princesa, vivendo todos muito felizes.

E ele tudo agradeceu à sua boa madrinha, Nossa Senhora da Conceição Aparecida. E, Deus louvado, acabou-se a história.

Fábulas

A onça e o coelho

Houve uma seca muito grande no mundo, e a onça, então, convidou todos os bichos para fazerem uma fonte. Aquele que não fosse dar o seu adjutório ao trabalho não beberia água, depois de a fonte pronta. Foram todos os bichos, menos o coelho.

Quando se acabou de fazer a fonte, a onça mandou que cada dia um bicho ficasse de sentinela para não deixar o coelho ir beber água. O coelho, sentindo muita sede, começou a astuciar um meio de enganar os vigias da fonte. Foi para o mato, tirou uma porção de mel de abelha e encheu uma cabaça. Pegou numa violinha e saiu por ali afora tocando:

— *Pan-can-tin,*
Pan-can-tan.

Estava a raposa de sentinela. Mal foi avistando o coelho, foi gritando:

— Tu já vem, hein? Tu não bebe água aqui não.

O coelho, com voz de choro, disse:

— Ora, raposa, deixa eu beber um tiquinho d'água, que eu estou morrendo de sede...

— Não. Aqui não. Por que tu não veio ajudar a gente a fazer a fonte?

— Olha, raposa. Estira a mão. Pega uma coisa que eu trouxe para ti.

A raposa estirou a mão, e ele botou um bocado de mel. Assim que a raposa provou o mel, gritou:

— Ih! coelho, está gostoso... Bota mais um bocadinho.

Disse o coelho:

— Chega as duas mãos.

Quando a raposa estirou as mãos, o coelho mais que depressa amarrou-as com uma corda, enlinhou-as, enlinhou-as e correu para a fonte.

— Olha, raposa. Eu não só vou beber água como vou tomar banho.

E, tchibum... caiu dentro da fonte. Tomou o seu banho até quando bem quis e entendeu. Depois saiu, deu de mão na violinha, na cabeça de mel e foi-se embora, deixando a raposa com as mãos amarradas.

Passado muito tempo, chegou o bode e disse:

— Ora, raposa, o coelho te enganou. Amanhã quem vem ficar de sentinela sou eu, que quero dar a resposta àquele safado.

No outro dia, o bode ficou vigiando a fonte; mas o coelho veio e enganou-o, como enganara a raposa. O mesmo aconteceu aos demais bichos que foram ficar de sentinela na fonte: o coelho engabelava-os com o mel, amarrava-lhes as mãos, indo em seguida para a fonte beber água e tomar banho. Então a onça disse, furiosa:

— Ah, coelho de todos os diabos, ninguém contigo pode!

Daí em diante, não botou mais sentinela na fonte, e o coelho ficou bebendo água e tomando banho à sua vontade.

A raposa e as aves

A galinha estava ciscando debaixo de um limoeiro, quando lhe caiu um limãozinho peco no cocuruto. A bichinha espantou e fez:

— Cá-cá-cá-cá... Corra, amigo galo, que o mundo está para se acabar.

— Quem lhe disse, amiga galinha?

— Foi uma coisinha que caiu no meu cocurutinho.

Lá saíram os dois nas carreiras. Adiante, encontraram o peru, a quem disse o galo:

— Corra, amigo peru, que o mundo está para se acabar.

— Quem lhe disse, amigo galo?

— Foi a amiga galinha.

— Quem lhe disse, amiga galinha?

— Foi uma coisinha que caiu no meu cocurutinho.

Aí saíram os três correndo. Adiante, encontraram o pato, e o peru lhe contou a história. O pato juntou-se ao bando, e afinaram as canelas. Depois encontraram o ganso, a conquêm etc., que os acompanharam na carreira. Afinal esbarraram com a raposa:

— Corra, amiga raposa, que o mundo está para se acabar.

— Quem lhe disse, amiga conquêm?

— Foi o amigo ganso.

— Quem lhe disse, amigo ganso?

— Foi o amigo pato.

— Quem lhe disse, amigo pato?

— Foi o amigo peru.

— Quem lhe disse, amigo peru?

— Foi o amigo galo.

— Quem lhe disse, amigo galo?

— Foi a amiga galinha.

— Quem lhe disse, amiga galinha?

— Foi uma coisinha que caiu no meu cocurutinho.

Continuaram a correr, a correr, até que chegaram à casa da raposa. Então disse a raposa:

— Entrem aqui em minha casa e se escondam.

Entraram todos, e a raposa ficou na porta. Depois de passado algum tempo, disse a raposa:

— Já podem sair, mas venham de um em um.

Os pobres dos bichos foram saindo, e a raposa, passando-os no papo. Não ficou um só para remédio.

O gato e a raposa

O gato e a raposa iam por um caminho, conversando. Contaram muita lorota, muita prosa e, afinal de contas, falaram no cachorro, que era inimigo de ambos. Aí, disse a raposa:

— Qual o quê! Eu lá tenho medo de cachorro nada! Para me livrar dele, eu tenho mil expedientes.

— Pois eu só tenho um, disse o gato.

Nisso aparece ao longo o cachorro, que vinha danado, farejando a raposa. O gato pulou num pé de árvore e ficou lá em cima bem de seu, dizendo à raposa:

— O meu é este.

A raposa, coitada, meteu o pé no mundo. Virou, mexeu, foi, veio, entrou em buraco, saiu de buraco, escondeu-se aqui, escondeu-se ali, fez mil remondiolas, até que, já morta de cansaço, o cachorro pulou-lhe no cachaço e estraçalhou-a.

O coelho e o grilo

Era um coelho que tinha a sua casa lá no meio do mato. De noite, ele saía para passear e comer a roça dos outros; de dia ficava em casa dormindo. Uma vez, quando ele veio para casa, ao chegar à porta, ouviu cantarem lá dentro:

> — *Cri, cri, estou na minha casa,*
> *Quem quiser ver eu quem sou*
> *Venha cá.*

O coelho saiu correndo por ali afora, com medo que ia voando. Adiante, encontrou a cabra e contou-lhe o que havia sucedido. Disse a cabra:

— Ora, compadre coelho, você é um medroso. Vamos lá ver o que é.

Quando, porém, chegou à porta da casa do coelho, que ouviu aquela voz lá dentro, desembandeirou nas carreiras que se foi com o capeta. E o pobre do coelho atrás.

Aconteceu o mesmo a muitos outros bichos que se ofereceram ao coelho a fim de ver quem era que cantava dentro de sua casa. Finalmente, foi o galo, que não esteve com conversas: arrombou a porta e entrou. Correu a casa toda, esgaravatou todos os cantos e não descobriu quem era que estava cantando daquele jeito. Quando já não tinha mais onde procurar, olhou para dentro do buraco da fechadura da porta e viu o grilo, que estava em termo de arrebentar de tanto cantar. O galo — zape — meteu o bico e comeu-o. O coelho, então, ficou descansando na sua casa.

O gavião e o pintinho

Uma galinha estava ciscando no terreiro com a sua ninhada de pintos, quando veio de lá do alto o gavião, agarrou um deles e pôs-se lá em cima de um pé de pau, com o pobrezinho nas unhas:

— Quantos irmãos tu tens?

O pintinho, gemendo, fazia:

— Eh! hum....

O gavião pensava que ele estava dizendo: — Eu, um —, por isso tornava:

— Não conta contigo não, bobo, que tu já estás comido. Quantos irmãos tu tens?

O pintinho:

— Eh! hum....

— Tu não, tolo. Tu já estás no papo...

E tanto perguntou ao bichinho quantos irmãos tinha, tanto falou, até que, distraindo-se, deixou-o soltar-se-lhe das garras e cair. Assim que o pintinho se achou no chão, fez: — Piu —, metendo-se debaixo de uma moita. E o gavião, apesar de estar a dizer que ele já estava comido, ficou com água no bico.

A anum e a canarinha

A anum e a canarinha fizeram cada uma o seu ninho no mesmo pé de pau. Quando a canária saiu para passear, a anum foi no ninho dela e, vendo a canária tão bonitinha, amarelinha como gema d'ovo, ficou com muita inveja, porque sua filha era preta e feia de fazer medo. Então a anum roubou a canarinha e levou-a para o seu ninho, botando sua filha no ninho da canária. Quando esta chegou, que viu aquele pretume no ninho, em lugar da filha, ficou tontinha, procurando-a. Começou a chorar e a cantar:

> — *Nanê-ê, nanê-ê,*
> *Nunga, calunga,*
> *Calunga-ê,*
> *Chamo, nam chamo,*
> *Chamo, nam chamo,*
> *Chá-chá-ouê...*

Respondeu a canarinha de lá do ninho da anum:

> — *Namo-nanguê...*

Ouvindo a voz da filha, a canária foi-se chegando, até que deu com ela. Carregou-a e foi-se embora, indo fazer o seu ninho bem longe...

O quati, a juriti e a preguiça

A juriti é muito trabalhadeira e plantou uma roça. Pediu ao sabiá:
— Me ajuda, sabiá! Mas o sabiá não gosta de trabalhar. Machucou o olho com um graveto e queixou-se de que estava com febre. A juriti ficou sozinha com os seus legumes amadurecendo. O sabiá só queria era comer. Então a juriti cercou a roça. E o sabiá ficou espiando de fora, sem poder comer.

A preguiça, como se sabe, é muito preguiçosa. Só trata de comer. Todos os bichos encontraram-se com a preguiça e, vendo aquilo, ficaram muito zangados. O quati mandou a preguiça trabalhar, e ela não quis. Gosta de comer, mas não gosta de trabalhar. O quati perdeu a cabeça e deu uma surra na preguiça. Esta, porém, não pôde correr, e ficou ali, chorando. A juriti veio e perguntou:

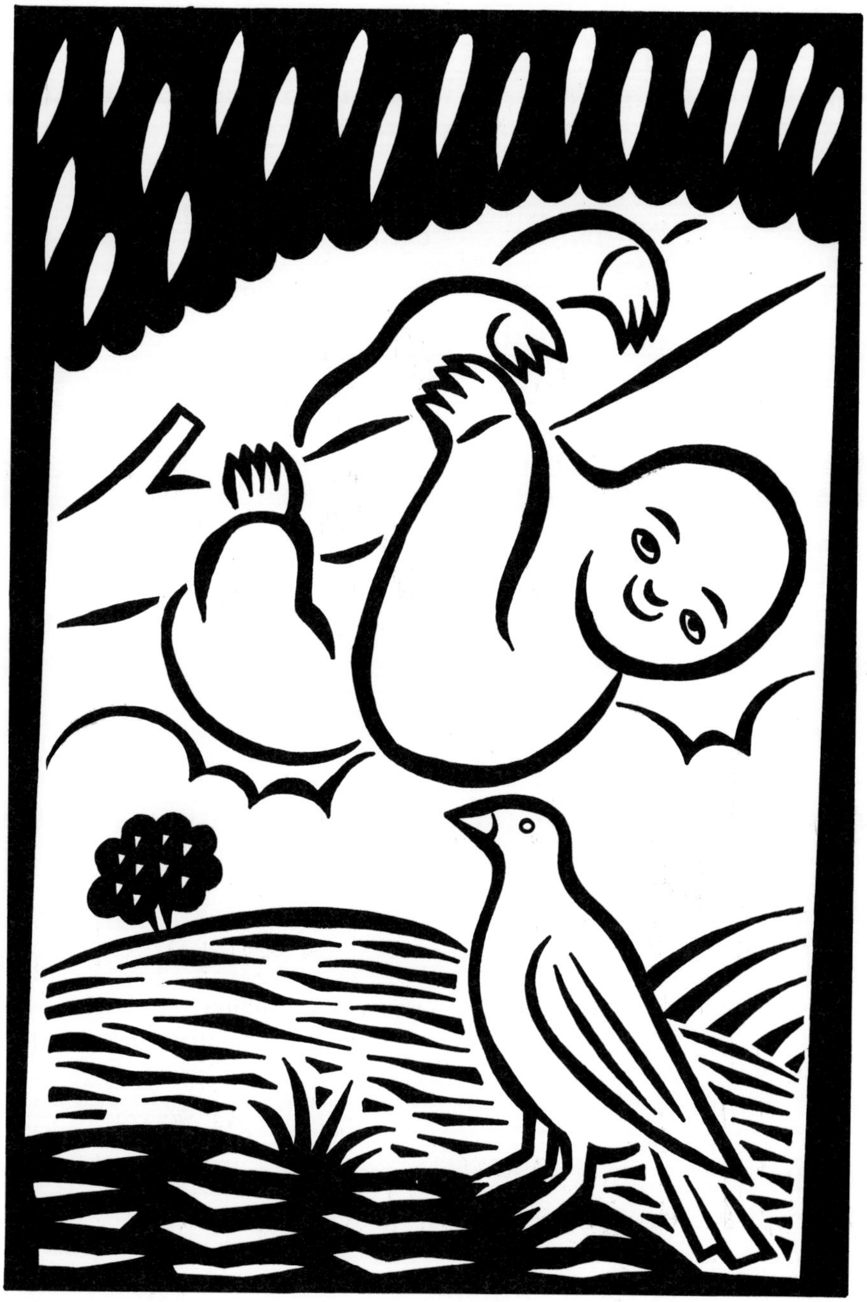

— Que é que você tem, comadre preguiça?

— O quati me mandou trabalhar, mas eu estava sem vontade. Então ele me surrou.

A juriti ouviu aquilo e ficou com pena da preguiça. O quati veio, viu a preguiça chorando, xingou-a e mandou-a trabalhar.

— Se não trabalhar, apanha de novo!

Aborrecida com a cena, a juriti se escondeu, mas ficou escutando. Depois voltou e perguntou-lhe:

— Que é que o quati fez?

— Me xingou muito, me bateu!

A juriti zangou-se e, com pedaços de pau, fez uma armadilha no meio do caminho. E se escondeu para ver. O quati foi andando e não viu a armadilha. Esta caiu e lhe deu uma pancada nas costas, de modo que ele não pôde correr. Ficou gemendo, enquanto a juriti dava risada.

— Que é que você tem, quati?

— A preguiça fez uma armadilha no meio do caminho e me matou.

— Isso é para você não bater mais nela.

— Quem lhe contou essa mentira?

— Não é mentira, eu vi tudo!

Então o quati foi-se embora chorando. E não voltou. A preguiça, quando soube daquilo, também se pôs a dar risada. Depois perguntou à juriti:

— Você é muito bonita?

— Sim, eu sou muito bonita. Agora vou vestir a minha roupa.

E lá foi. Mas a preguiça também queria ser bonita. A juriti voltou com jenipapo, mas não trouxe urucu. Pintou a preguiça com jenipapo, e esta se julgou bonita. Subiu num pau, até lá em cima, e lá ficou, pois não podia descer. Aflita, gritou pela juriti. Esta perguntou:

— Mas onde é que você se meteu?

Lá no alto, a preguiça se pôs a rir da juriti, que ficou zangada e xingou:

— Preguiça estúpida! Preguiça má! — e foi embora, dizendo:

— Chega! Só trata de comer e não trabalha! Não quero vê-la mais!

Assim fez, e a preguiça acostumou-se a andar só. Tudo isso porque a juriti é bonita e a preguiça é feia. Porque a juriti é trabalhadeira e a preguiça é preguiçosa.

O sapo e a onça

Sentado junto de um igapó, o sapo viu chegar a onça, a grande inimiga de todos os bichos desde que lhe roubaram o fogo.

— Ah! É você? — perguntou o sapo na vozinha mais doce de que foi capaz.

— E quem é você, tão pequenino, fraco e feio, que está se dirigindo a mim? — perguntou a onça.

O sapo não se sentiu humilhado, e até propôs:

— Você, onça, me acha fraco e feio. Pois bem, vamos ver qual de nós dois é o mais valente! A princípio, o felino não deu importância ao desafio de rival tão insignificante, mas, como ele insistisse, acabou por aceitar.

— Mie você primeiro — disse o sapo. — Depois eu coaxarei, e vamos ver quem sentirá medo!

A onça soltou um miado tão longo e profundo que a terra tremeu. Tomados de pânico, todos os animais das florestas vizinhas fugiram para longe. Somente o sapo, calmo e confiante, permaneceu imóvel.

— Coaxe agora você, sapo! — debicou a onça.

O sapo limitou-se a erguer o queixo e a soltar um coaxo surdo, em nada diferente da sua voz natural. Mas, no mesmo instante, todos os demais sapos que habitavam o igapó fizeram coro com ele. Eram sapos de toda espécie: jias, rãs, cururus, sapos da lama e sapos das árvores, erguendo os queixinhos, fizeram ruidosa coaxação. A onça deitou a correr, e tão precipitada foi a sua fuga que um toco lhe arrancou um olho!

O cágado e o teiú

Foi uma vez, havia uma onça que tinha uma filha, o teiú queria casar com ela, e amigo cágado também. O cágado, sabendo da pretensão do outro, disse em casa da onça que o teiú para nada valia e que até era o seu cavalo. O teiú, logo que soube disto, foi ter à casa da comadre onça e asseverou que ia buscar o cágado para ali e dar-lhe muita pancada à vista de todos, e partiu.

O cágado, que estava na sua casa, quando o avistou de longe, correu para dentro e amarrou um lenço na cabeça, fingindo que estava doente. O teiú chegou na porta e convidou para darem um passeio em casa da amiga onça; o cágado deu muitas desculpas dizendo que estava doente e não podia sair de pé naquele dia. O teiú teimou muito.

— Então — disse o cágado — você me leva montado nas suas costas.

— Pois sim — respondeu o teiú —, mas há de ser até longe da porta da amiga onça.

— Pois bem, mas você há de deixar eu botar o meu caquinho de sela, porque assim em osso é muito feio.

O teiú se maçou muito, e disse:

— Não, que eu não sou seu cavalo!

— Não é por ser meu cavalo, mas é muito feio.

Afinal o teiú consentiu.

— Agora — disse o cágado — deixe botar minha brida.

Novo barulho do teiú e novos pedidos e desculpas do cágado, até que conseguiu pôr a brida no teiú e munir-se do mangoal, esporas etc.

Partiram; quando chegaram em lugar não muito longe da casa da onça, o teiú pediu ao cágado que descesse e tirasse os arreios, senão era muito feio para ele ser visto servindo de cavalo. O cágado respondeu que tivesse paciência e caminhasse mais um bocadinho, pois estava muito incomodado e não podia chegar a pé. Assim foi enganando o teiú até a porta da casa da onça, onde ele meteu-lhe o mangoal e as esporas a valer. Então gritou para dentro da casa:

— Olha, eu não disse que o teiú era meu cavalo? Venham ver!

Houve muita risada, e o cágado, vitorioso, disse à filha da onça:

— Ande, moça, monte-se na minha garupa e vamos casar.

Assim aconteceu, com grande vergonha para o teiú.

O elefante e a tartaruga

Um dia Deus chamou todos os animais para dar a eles a força própria de cada um e ordenou que comparecessem todos em certo lugar daí a oito dias. Todos os animais se prepararam para comparecer e começaram a caçoar com a tartaruga, dizendo que ela não tinha pernas e portanto não poderia ir. Ela então disse que havia de mostrar que iria montada no elefante. Todos os animais se riram muito e disseram que só queriam ver como ela, tão pequenina, havia de pegar o elefante para cavalo. Ela respondeu:

— Deixem estar, que eu me arranjarei.

Muniu-se de uma brida e fez-se muito amiga do elefante. No dia marcado, pôs-se a caminho com ele e, adiante, disse:

— Amigo elefante, eu assim não chego lá, quase não ando, você pode me botar nas suas costas?

Ele disse:

— Deixe estar, que eu te levo.

Abaixou-se, e a tartaruga trepou-lhe às costas. Então ela disse:

— Mas eu assim caio, não posso me segurar: você deixa eu botar esta brida?

E ele deixou.

Quando foi na ocasião, Deus disse:

— Gente, o elefante não veio.

Os animais disseram então que a tartaruga havia prometido vir montada no elefante. E é quando chega a tartaruga montada no elefante. Todos os animais bateram muitas palmas, e disseram:

— Como tartaruga tão pequena pôde pegar elefante para seu cavalo!?

Elefante, envergonhado, fugiu para o mato, e nunca mais foi visto.

O cancão e a raposa

Era no inverno. O cancão, que apanhara grande chuva, estava inteiramente molhado, impossibilitado de voar, aquentando-se ao sol em cima de uma pedra. Veio a raposa e levou-o na boca para seus filhinhos.

Mas o caminho era longo, e o sol, ardente. A plumagem do pássaro foi secando. E o cancão sentindo-se apto a voar, resolveu enganar a raposa. Passavam pelos arredores dum povoado. Vários meninos que brincavam, ao avistarem a roubadora de galinhas, correram-lhe ao encalço com pedradas, gritando-lhe nomes feios. Vai o cancão e diz:

— Comadre, se eu fosse a senhora, não aguentava! Dizia-lhes também cada desaforo!

A raposa abriu a boca, a fim de soltar impropérios terríveis. Zás! O pássaro voou, pousou num galho e ajudou a vaiá-la.

A raposa e o tucano

A raposa entendeu que devia andar debicando o tucano. Uma vez o convidou para jantar em casa dela. O tucano foi. A raposa fez mingau para o jantar e espalhou em cima de uma pedra, e o pobre tucano nada pôde comer e até machucou muito o seu enorme bico.

O tucano procurou um meio de vingar-se. Daí a tempos foi à casa da raposa e lhe disse:

— Comadre, você outro dia me obsequiou tanto, dando-me aquele jantar; agora é chegada a minha vez de lhe pagar na mesma moeda: venho convidá-la para ir jantar comigo. Vamo-nos embora, que o petisco está bom.

A raposa aceitou o convite, e foram-se ambos. Ora, o tucano preparou também mingau e botou dentro de um jarro de pescoço estreito. O tucano metia o bico e, quando tirava, vinha-se regalando. A raposa nada comeu, lambendo apenas algum pingo que caía fora do jarro. Acabado o jantar, disse:

— Isto, comadre, é para você não querer se fazer mais sabida do que os outros.

A onça e o boi

Havia uma onça que morava em uma serra, e só descia lá de cima para fazer carneação. Um dia, quando descia, encontrou um boi, e ficou logo com vontade de o atacar traiçoeiramente. Então disse a onça ao boi:

— Compadre, você, como bom mateiro, não me dará notícia de um companheiro seu, que vivia aqui neste carrasco, e que era meu amigo, e que há muitos dias não vejo?

— Ontem estive com ele no bebedouro, e creio que ele está lá me esperando; se você quer, amiga onça, vamos juntos até lá — assim falou o boi.

A onça respondeu:

— Nesta não caio eu, que estou com fome, e por lá não há carneiro que se possa pegar, além de que, lá, fico perto de meu inimigo.

— Quem é seu inimigo? — perguntou o boi.

— É um lavrador que tem cara de matar trinta onças, que fará a mim sozinha, e lá não tem arvoredo de que possa me valer.

O boi:

— Mas você, comadre onça, se teme é porque alguma fez; quem não deve não teme.

A onça:

— Compadre, não se lembra de quando eu peguei aquele bezerro naquela maiada? Correram atrás de mim três amigos cachorros, que um deles era danado; só de gritos me trazia atordoada. Só descansei quando pude me trepar numa árvore, a ver se punha as unhas nos moleques. Mas qual! Fugiam para trás como o diabo!

O boi:

— Então, comadre onça, você é gente tendo arvoredo? Vamos para cá para o limpo.

A onça:

— Mas o compadre está me puxando para o limpo; parece que está desconfiado!

Assim, uma procurava o mato, e o outro, o largo, até que se ausentaram um do outro.

O veado e a onça

O veado disse:

— Eu estou passando muito trabalho, e por isso vou ver um lugar para fazer minha casa.

Foi pela beira do rio, achou um lugar bom e disse:

— É aqui mesmo.

A onça também disse:

— Eu estou passando muito trabalho, e por isso vou procurar lugar para fazer minha casa.

Saiu e, chegando ao mesmo lugar que o veado havia escolhido, disse:

— Que bom lugar; aqui vou fazer minha casa.

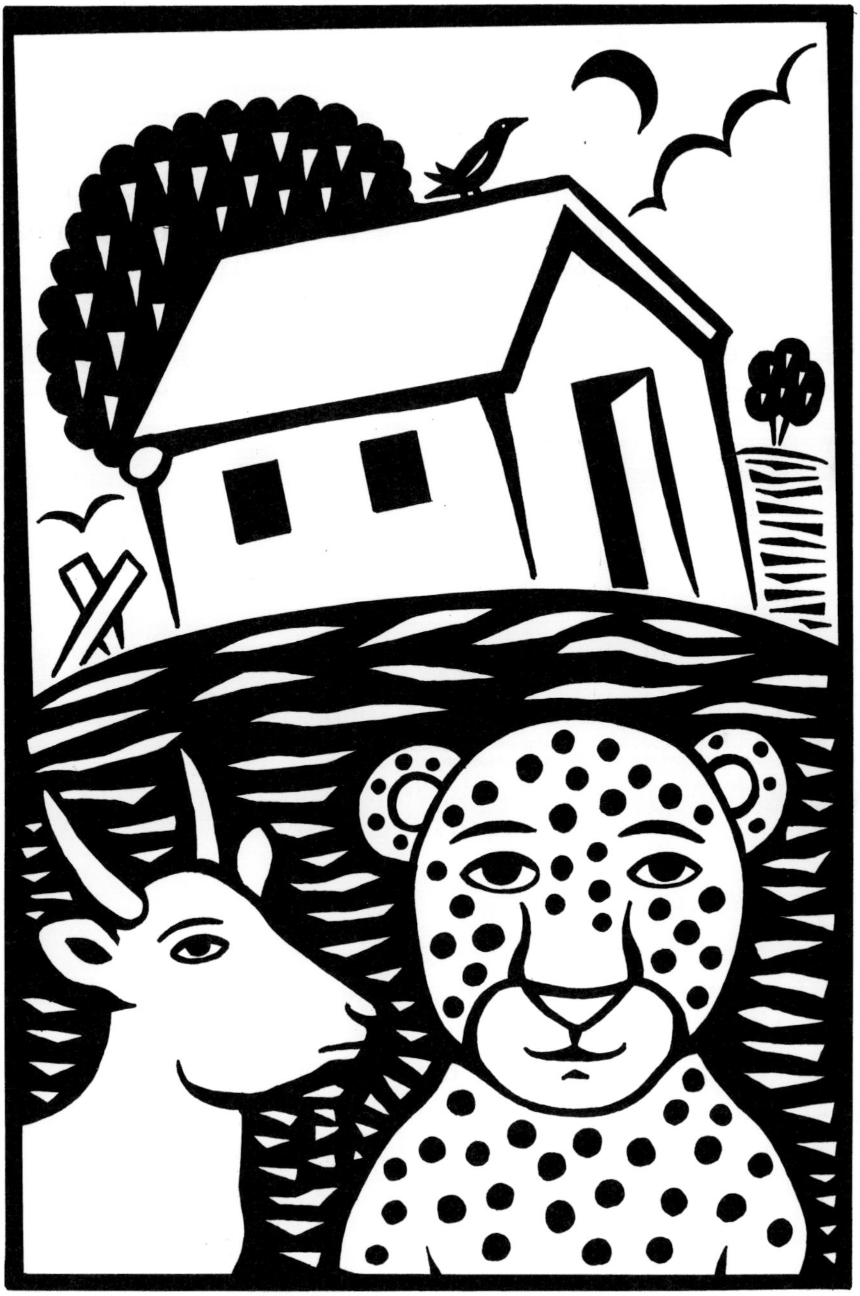

No dia seguinte veio o veado, capinou e roçou o lugar.

No outro dia veio a onça e disse:

— Tupã me está ajudando.

Afincou as forquilhas, armou a casa.

No outro dia veio o veado e disse:

— Tupã me está ajudando.

Cobriu a casa e fez dois cômodos: um para si, outro para Tupã.

No outro dia a onça, achando a casa pronta, mudou-se para aí, ocupou um cômodo e pôs-se a dormir.

No outro dia veio o veado e ocupou o outro cômodo.

No outro dia acordaram, e, quando se avistaram, a onça disse ao veado:

— Era você que estava me ajudando!

O veado respondeu:

— Era eu mesmo.

A onça disse:

— Pois bem, agora vamos morar juntos.

O veado disse:

— Vamos.

No outro dia a onça disse:

— Eu vou caçar; você limpe os tocos, veja água, lenha, que eu hei de chegar com fome.

Foi caçar, matou um veado grande, trouxe para casa e disse ao seu companheiro:

— Apronte para nós jantarmos.

O veado aprontou, mas estava triste, não quis comer, e de noite não dormiu, com medo de que a onça o pegasse.

No outro dia o veado foi caçar, encontrou-se com outra onça grande e depois com um tamanduá; disse ao tamanduá:

— Onça está ali falando mal de você.

O tamanduá veio, achou a onça arranhando um pau, chegou por detrás devagar, deu-lhe um abraço, meteu-lhe a unha, a onça morreu.

O veado a levou para casa e disse à sua companheira:

— Aqui está; apronte para nós jantarmos.

A onça aprontou, mas não jantou e estava triste. Quando chegou a noite, os dois não dormiam, a onça espiando o veado, o veado espiando a onça.

À meia-noite eles estavam com muito sono; a cabeça do veado esbarrou no jirau, fez: tá! A onça, pensando que era o veado que já a ia matar, deu um pulo.

O veado assustou-se também, e ambos fugiram, um correndo para um lado, outro correndo para outro.

A raposa e o homem

A raposa foi deitar-se no caminho por onde o homem tinha de passar e fingiu-se morta.

Veio o homem e disse:

— Coitada da raposa!

Fez um buraco, enterrou-a e foi-se embora.

A raposa correu pelo mato, passou adiante do homem, deitou-se no caminho e fingiu-se morta.

Quando o homem chegou, disse:

— Outra raposa morta. Coitada!

Arredou-a do caminho, cobriu-a com folhas e seguiu adiante.

A raposa correu outra vez pelo cerrado, deitou-se diante no caminho e fingiu-se de morta.

O homem chegou e disse:

— Quem terá matado tanta raposa?

Arredou-a para fora do caminho e foi-se.

A raposa correu e foi fingir-se outra vez de morta no caminho.

O homem chegou e disse:

— Que leve o diabo tanta raposa morta!

Agarrou-a pela ponta da cauda e sacudiu-a no meio do cerrado.

A raposa então disse:

— Não se deve cansar a quem nos faz bem.

A raposa e a onça

A onça saiu do buraco e disse:

— Agora vou agarrar a raposa.

Andou e, passando pelo mato, ouviu um barulho: xáu, xáu, xáu! Olhou: era a raposa que estava tirando cipó.

A raposa, quando a viu, disse:

— Estou perdida; a onça agora — quem sabe? — me vai comer!

A raposa disse à onça:

— Aí vem um vento muito forte; ajude-me a tirar cipó para me amarrar numa árvore, senão o vento me carrega.

A onça ajudou a tirar o cipó e disse à raposa:

— Amarre-me primeiro; eu sou maior, o vento pode me levar antes.

A raposa disse à onça que se abraçasse com um pau grosso; amarrou-lhe os pés e as mãos e disse:

— Agora fique aí, diabo, que eu cá me vou!

O jabuti e a onça

O jabuti gritou:

— Meus parentes, meus parentes, venham!

A onça ouviu, foi para lá e perguntou:

— Que estás gritando, jabuti?

O jabuti respondeu:

— Eu estou chamando meus parentes para comerem a minha caça grande, a anta.

A onça disse:

— Tu queres que eu parta a anta para você?

O jabuti disse:

— Eu quero; tu separas uma banda para ti, outra para mim.

A onça disse:

— Então vai tirar lenha.

Enquanto o jabuti chegou, encontrou apenas fezes; ralhou com a onça e disse:

— Deixa estar! Algum dia eu me encontrarei contigo!

O jabuti e o veado

O pequeno jabuti foi procurar seus parentes e encontrou-se com o veado. O veado perguntou a ele:

— Para onde tu vais?

O jabuti respondeu:

— Eu vou chamar meus parentes para virem procurar minha caça grande, a anta.

O veado falou:

— Então tu mataste a anta? Vai; chama toda tua gente. Quanto a mim, eu fico aqui; eu quero olhar para eles.

O jabuti assim falou:

— Então eu não vou mais; daqui mesmo eu volto; eu espero que a anta apodreça, para tirar seu osso para minha gaita. Está bom, veado; eu vou já.

O veado assim falou:

— Tu mataste a anta; agora eu quero experimentar correr contigo.

O jabuti respondeu:

— Então me espera aqui; eu vou ver por onde eu hei de correr.

O veado falou:

— Quando tu correres por outro lado, e quando eu gritar, tu respondes.

O jabuti falou:

— Me vou ainda.

O veado falou a ele:

— Agora vais demorar-te... Eu quero ver tua valentia.

O jabuti assim falou:

— Espera um pouco ainda; deixa-me chegar à outra banda.

Ele chegou ali, chamou todos os seus parentes. Ele emendou todos pela margem do rio pequeno, para responderem ao veado tolo. Então assim falou:

— Veado, tu já estás pronto?

O veado respondeu:

— Eu já estou pronto.

O jabuti perguntou:

— Quem é que corre adiante?

O veado riu-se e disse:

— Tu vais adiante, miserável jabuti.

O jabuti não correu; enganou o veado e foi ficar no fim.

O veado estava tranquilo, por fiar-se nas suas pernas.

O parente do jabuti gritou pelo veado. O veado respondeu para trás. Assim o veado falou:

— Eis-me que vou, tartaruga do mato!

O veado correu, correu, depois gritou:

— Jabuti!

O parente do jabuti respondeu sempre adiante. O veado disse:

— Eis-me que vou, ó macho!

O veado correu, correu, correu e gritou:

— Jabuti!

O jabuti respondeu sempre adiante. O veado disse:

— Eu ainda vou beber água.

Aí mesmo o veado se calou. O jabuti gritou, gritou, gritou... Ninguém respondeu a ele. Então disse:

— Aquele macho pode ser que já morreu; deixa que eu vá ver a ele ainda.

O jabuti disse assim para seus companheiros:

— Eu vou devagarinho vê-lo.

Quando o jabuti saiu na margem do rio, disse:
— Nem sequer eu suei — então chamou pelo veado: — Veado!
O veado nem nada lhe respondeu.
Os companheiros do jabuti, quando olharam para o veado, disseram:
— Em verdade, já está morto.
O jabuti disse:
— Vamos nós tirar o seu osso.
Os outros perguntaram:
— Para que é que tu o queres?
O jabuti respondeu:
— Para eu assoprar nele em todo o tempo. Agora eu me vou embora daqui. Até algum dia.

O jabuti e de novo a onça

A onça apareceu por ali. A onça olhou para cima, viu o coitado do jabuti e disse assim:
— Ó jabuti, por onde tu subiste?
O jabuti respondeu:
— Por esta árvore de fruta.
A onça com fome, replicou:
— Desce!
O jabuti assim falou:
— Apara-me lá; abre a tua boca, para que eu não caia no chão.
O jabuti pulou e foi de encontro ao focinho da onça; morreu a diaba. O jabuti esperou até depois de apodrecer e tirou sua flauta. Então o jabuti se foi; tocava sua flauta e assim cantava:

— *A minha flauta é o osso da onça: ih! ih!*

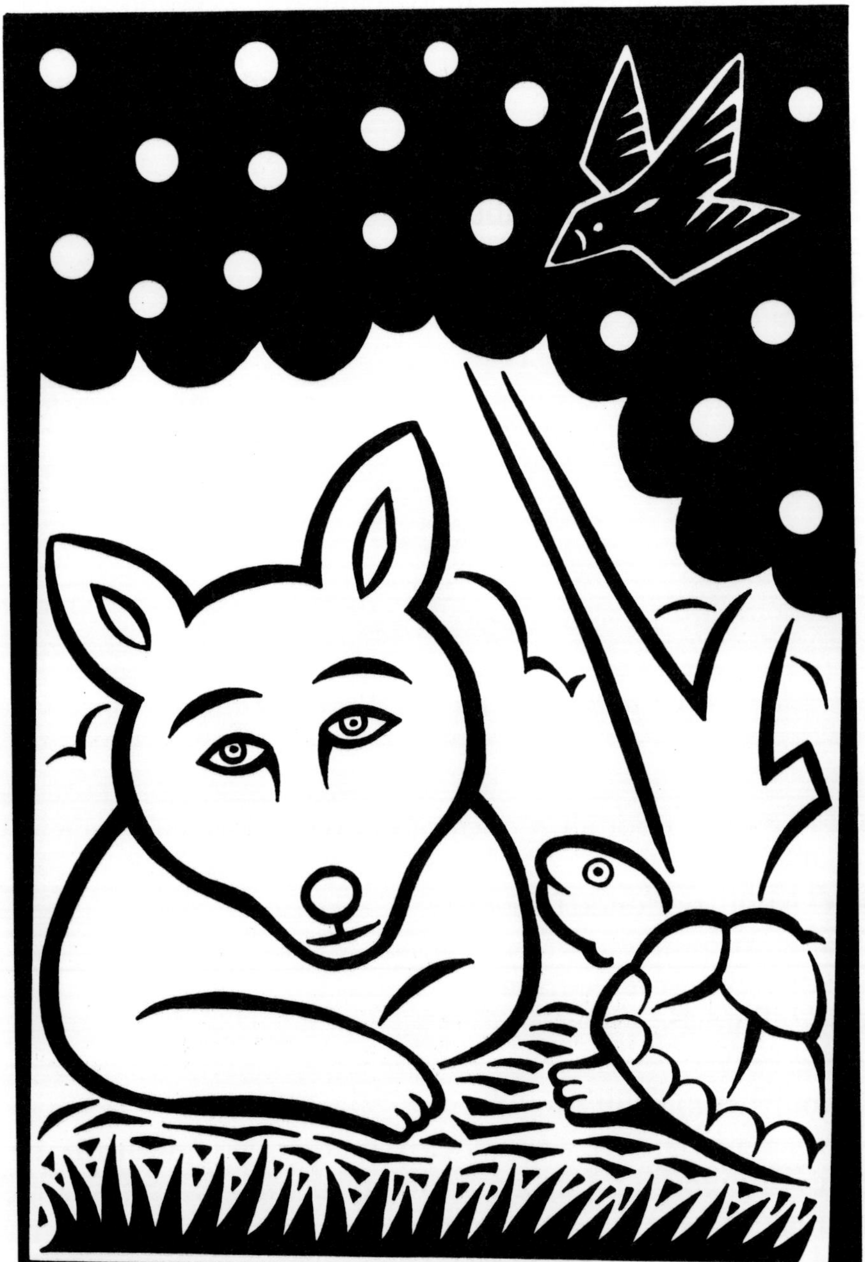

O jabuti e a raposa

O jabuti entrou no buraco do chão, assoprou sua flauta e estava dançando: fin, fin, culó, fon, fin, fin, culó, fon, fin, culó, fon, fin, culó, fon, fin, te tein! te tein! tein!

A raposa veio chamar o jabuti:
— Ó jabuti!
O jabuti respondeu:
— U!
A raposa disse:
— Vamos experimentar nossa valentia?
O jabuti respondeu:
— Vamos, raposa; quem vai adiante?
A raposa disse:
— Tu, jabuti.
— Está bom, raposa; quantos anos serão, raposa?
A raposa respondeu:
— Dois anos.

Então, a raposa fechou o jabuti no buraco do chão. Depois que acabou de fechar, disse:
— Adeus, jabuti, me vou embora.

De ano em ano vinha falar com o jabuti; chegava à porta do buraco do chão e chamava o jabuti:
— Ó jabuti!
O jabuti respondia:
— Ó raposa, já estarão amarelas as frutas do taperebá?
A raposa respondia:
— Ainda não, jabuti; agora os taperebaseiros estão apenas com suas flores; adeus, jabuti; me vou embora ainda.

Daí, quando chegou o tempo para o jabuti sair, a raposa veio, chegou à porta do buraco do chão e chamou. O jabuti perguntou:
— Já estão amarelas as frutas do taperebá?
Aquela respondeu:
— Agora sim, jabuti; agora estão na verdade; agora sim, embaixo da árvore está bem grosso delas.

O jabuti saiu e disse:
— Entre, raposa.
A raposa perguntou:
— Quantos anos serão, jabuti?
O jabuti respondeu:
— Quatro anos, raposa.
O jabuti meteu a raposa no buraco do chão e foi-se embora.

Um ano depois, o jabuti voltou para falar com a raposa; chegou à porta do buraco do chão e chamou:
— Ó raposa!
A raposa respondeu:
— Já estarão amarelos os ananases, jabuti?
O jabuti respondeu:
— Qual! Ainda não, raposa; agora eles apenas estão roçando. Eu vou embora; adeus raposa.

Dois anos depois, o jabuti voltou e chamou:
— Ó raposa!
Calada. O jabuti chamou segunda vez. Calada. Só as moscas saíam do buraco. O jabuti abriu o buraco do chão e disse:
— Este ladrão já morreu.
O jabuti puxou para fora.
— Que foi que eu disse para você, ó raposa? Tu não eras macho para te experimentares comigo.
O jabuti deixou-a aí e foi-se embora.

O jabuti e o homem

O jabuti chegou ao covão; estava assoprando sua frauta.
A gente que estava passando ouvia. Um homem disse:
— Eu vou apanhar aquele jabuti.
Chegou no covão e chamou:
— Ó jabuti!

O jabuti respondeu:
— U!
O homem disse:
— Venha, jabuti.
— Pois bem, aqui estou, eu vou.

O jabuti saiu, o homem apanhou-o e levou-o para casa. Quando chegou à casa, trancou o jabuti dentro da caixa.

Sendo manhã, o homem disse aos meninos:
— Agora não soltem vocês o jabuti — e foi para a roça.

O jabuti, dentro da caixa, estava tocando sua frauta. Os meninos ouvem, vêm escutar. O jabuti calou-se. Daí os meninos disseram:
— Assopra, jabuti.

O jabuti respondeu:
— Vocês acham muito bonito; vocês não achariam belo se vissem eu dançar?...

Os meninos abrem a caixa, para verem o jabuti dançar. O jabuti dança pelo quarto: tum! tum! tum! tum! tum! tum! tum! tein! Daí, o jabuti pediu aos meninos para ir urinar. Os meninos disseram a ele:
— Vá, jabuti, agora não fujas.

O jabuti saiu para trás da casa, correu e escondeu-se no meio do cerrado.

Então os meninos disseram:
— O jabuti fugiu.

Um deles disse:
— Agora como há de ser? Como é que havemos de falar a nosso pai, quando chegar? Vamos pintar uma pedra com a pinta do casco do jabuti. Senão, quando ele chegar, nos baterá.

Assim mesmo eles fazem. De tarde chega o pai deles, que lhes diz:
— Ponham a panela no fogo, para descascarmos o jabuti.

Eles disseram:
— Já está no fogo.

O pai pôs a pedra pintada na panela, pensando ser ela o jabuti. Depois disse a eles:
— Vocês tirem pratos, para nós comermos o jabuti.

Os meninos levaram-nos. O pai tirou o jabuti da panela, e, quando o pôs no prato, ele se quebrou. O pai disse aos meninos:

— Vocês deixaram o jabuti fugir?
Eles disseram:
— Não!
Quando eles falavam isso, o jabuti assoprou na sua frauta. O homem, quando ouviu, disse:
— Eu vou apanhá-lo de novo.
Foi e chamou:
— Ó jabuti!
O jabuti respondeu:
— U!
O homem foi procurar por baixo do cerrado e chamou:
— Vem jabuti!
Ele chamava de uma banda, e o jabuti respondia atrás dele. O homem aborreceu-se, voltou, deixou-o.

O jabuti e o gigante

O jabuti chegou a um buraco de árvore; estava tocando sua frauta. Caipora ouviu e disse:
— Aquele não é outro senão o jabuti; eu vou apanhá-lo.
Chegou junto da porta do buraco da árvore. O jabuti tocou sua frauta: fin, fin, fin, culó, fon, fon, fin. Caipora chamou:
— Ó jabuti!
O jabuti respondeu:
— U!
— Vem, jabuti, vamos experimentar a nossa força.
O jabuti retorquiu:
— Nós vamos experimentar assim como tu quiseres.
Caipora foi ao mato, cortou cipó, trouxe o cipó à beirada do rio e disse ao jabuti:
— Experimentemos, jabuti; tu n'água, eu em terra.
O jabuti disse:

— Bom, Caipora.

O jabuti saltou n'água com a corda, foi amarrar a corda na cauda da baleia. O jabuti voltou para terra e escondeu-se embaixo do cerrado. Caipora puxou a corda; a baleia fez força e arrastou o Caipora pelo pescoço até a água. Caipora fez força porque queria pôr em terra a cauda da baleia. A baleia fez força e arrastou Caipora pelo pescoço até a água. O jabuti, embaixo do cerrado, via e estava rindo. Caipora, quando já estava cansado, disse:

— Basta, jabuti.

O jabuti riu-se, saltou n'água e foi desatar a corda da cauda da baleia. Caipora puxou-o com a corda. O jabuti chegou à terra. Caipora perguntou-lhe:

— Tu estás cansado, jabuti?

O jabuti respondeu:

— Não, que é de que eu suei?

Caipora disse:

— Agora, certo, jabuti, eu sei que tu és macho mais do que eu. Vou-me embora, adeus.

Por que os galos cantam de madrugada

Certo dia, rei leão deu uma festa e convidou todos os outros bichos.

O pagode devia começar ao primeiro sinal da manhã, e todos os convidados haviam de, a essa hora, estar presentes.

A festa era de arromba, a melhor das de que havia notícia até aquela data.

Chegou o dia assinalado. Nenhum dos bichos teve sossego. Nenhum queria faltar ao convite nem perder a hora.

À primeira luz do dia, rei leão tinha a casa cheia. Gente como formiga. Nenhum dos convidados faltara, a não ser mestre galo. Tinha-se esquecido inteiramente do convite.

Notando-lhe a ausência, o rei dos animais enfureceu-se, achou que aquilo era um pouco-caso sem desculpa e mandou uma escolta, a raposa e o gambá, buscar o galo à sua presença.

A escolta, quando chegou ao poleiro, pôs em movimento a galinhada toda, e mestre galo despertou espreguiçando-se, mas sobressaltado.

— Vimos buscar-te, seu tratante — disseram os outros —, de ordem de Sua Majestade. Rei leão dá-te a honra de um convite para a maior festa do mundo, e ficas a dormir?

— Ah! É verdade! Tinha-me esquecido...

— Pois por isso mesmo estás pegado pra judeu. De outra vez não terás memória tão desinfeliz...

— Perdão, camaradas, perdão! O que quererá fazer de mim Sua Majestade?

— Ainda perguntas! Comer-te, se tamanha honra te der, se não quiser antes entregar-nos a tua figurinha para darmos cabo de ti.

E, dizendo isto, a raposa foi destroçando toda a família de mestre galo, sem deixar uma só cabeça. O galo chorava, maldizia-se em vão. A raposa veio de novo aonde o deixara, vigiado pelo gambá, e ordenou-lhe:

— Marcha! Segue! À presença de Sua Majestade!

Mestre galo não teve outro remédio senão caminhar jururu.

Chegados que foram ao palácio do leão, a escolta e o preso compareceram diante da majestade, que soltou um urro de raiva:

— Patife! Galo de uma figa! Com que então ousaste desobedecer ao meu real decreto, não te apresentando à hora marcada à minha festa? Vais pagar-me o atrevimento.

— Saiba Vossa Majestade que não foi por querer, mas esqueci... Perdão, perdão, que me ajoelho aos pés de meu rei.

— Tens memória tão falha, tens cabeça de vento!... Ia dar-te a morte, mas, como te humilhas e para não perturbar a alegria de minha festa, terás, de agora por diante, como castigo de teu esquecimento, não dormires além da meia-noite. Dormirás ao pôr-do-sol e acordarás à primeira luz da manhã. À meia-noite cantarás, às duas amiudarás, e ao vir do dia cantarás ainda, dando sempre sinal de que estás alerta. Se dormires, se não cantares, tu e tua família correreis o risco de serdes comidos pelos animais inimigos de geração tão indigna. Assim não esquecerás mais, e ficará punida tua vil memória.

Mestre galo ficou muito contente com a solução, e para não se esquecer de que havia de cantar à meia-noite, cantou também ao meio-dia. Dessa data em diante começou a cumprir o seu fado, cantando pela madrugada afora, por causa de ter desobedecido às ordens de seu monarca.

O amigo da onça

A onça, que é bicho valente — mas nem sempre atilado, como se pensa —, estava quietinha no seu canto, quando lhe apareceu o compadre lobo e lhe foi dizendo:

— Saiba de uma coisa, comadre onça: Você, com perdão da palavra, não é, como supõe, o bicho mais valente e destemido que existe no mundo, nem também o leão, com toda a sua prosa de rei dos animais.

— Como assim!? — gritou a onça enfurecida. — Então, como é isso, grande pedaço de idiota? Haverá bicho mais valente e poderoso do que eu?

— Ó comadre, me perdoe. Estou arrependido de dizer tal coisa... Mas a minha intenção foi preveni-la contra um "bicho" terrível que apareceu nesta paragem. Uma pessoa prevenida vale por duas.

— Sim, não deixa você de ter alguma razão — acudiu a onça, mais acomodada. — Mas sempre quero saber o nome desse bicho. Como se chama?

— Esse bicho, comadre, chama-se "homem", conforme me disse o amigo papagaio. Nunca vi, em minha vida, animal de mais perigosa valentia. Ele sim, e ninguém mais, é que me parece ser mesmo o verdadeiro rei dos animais. Basta dizer que, de longe, o vi matar, com dois espirros, nada menos do que um leão e uma hiena. Ih!

comadre, com o estrondo dos espirros parecia que tudo ia pelos ares. Deus nos livre!

— Oh! compadre, não me diga!

— É como lhe conto. E o que mais admira é ser o "bicho-homem" de pequeno porte. Parece até fraco e é muito mal servido de unhas e dentes. Deve ser um "bicho" misterioso e encantado.

— Pois bem, compadre, estou curiosa e desejo que, sem demora, me conduza ao lugar onde se encontra tão estranho animal.

— Ah, comadre, peça-me tudo, menos isso. Pelos estragos que, de longe, vi o homem fazer com os seus malditos espirros, nunca me atreveria a tal aventura...

— Pois, queira ou não queira, tem de mostrar-me o "bicho", ou então agora mesmo perderá a vida.

— Lá por isso não seja — disse o lobo amedrontado — iremos. Mas havemos de tomar todas as precauções. Eu, com sua licença, posso correr mais do que a comadre. Assim, levaremos uma embira daquelas que não arrebentam nunca. Amarro uma das pontas no pescoço da comadre e a outra em minha cintura. Em caso de perigo, se for preciso fugir, a comadre e eu correremos...

— Fugir! Veja lá como diz! Você já viu, "seu" podrela, alguma vez onça fugir?

— Não me expliquei bem. Eu é que fugirei. A comadre será apenas arrastada por mim. Isso não é fugir. Está certo?

— Está bem. Faremos como propõe.

E partiram. A onça com a embira atada ao pescoço, e o lobo, muito respeitoso e tímido, a puxá-la.

Quando chegaram ao destino, o "bicho-homem", surpreendido, ao avistá-los, tirou da cinta a garrucha e, atarantado, bateu fogo, isto é, espirrou, uma, duas vezes, que foi mesmo um estrondo de todos os diabos.

O lobo, então, mais que depressa, disparou numa corrida desabalada, redobrando quanto podia as forças, para arrastar a onça pela forte embira "que tinha atado no pescoço dela".

De repente, já muito distante, o lobo sentiu que a onça estava mais pesada. Parou, então, e contemplou a companheira estendida no chão, com os dentes arreganhados, sem o mais leve movimento.

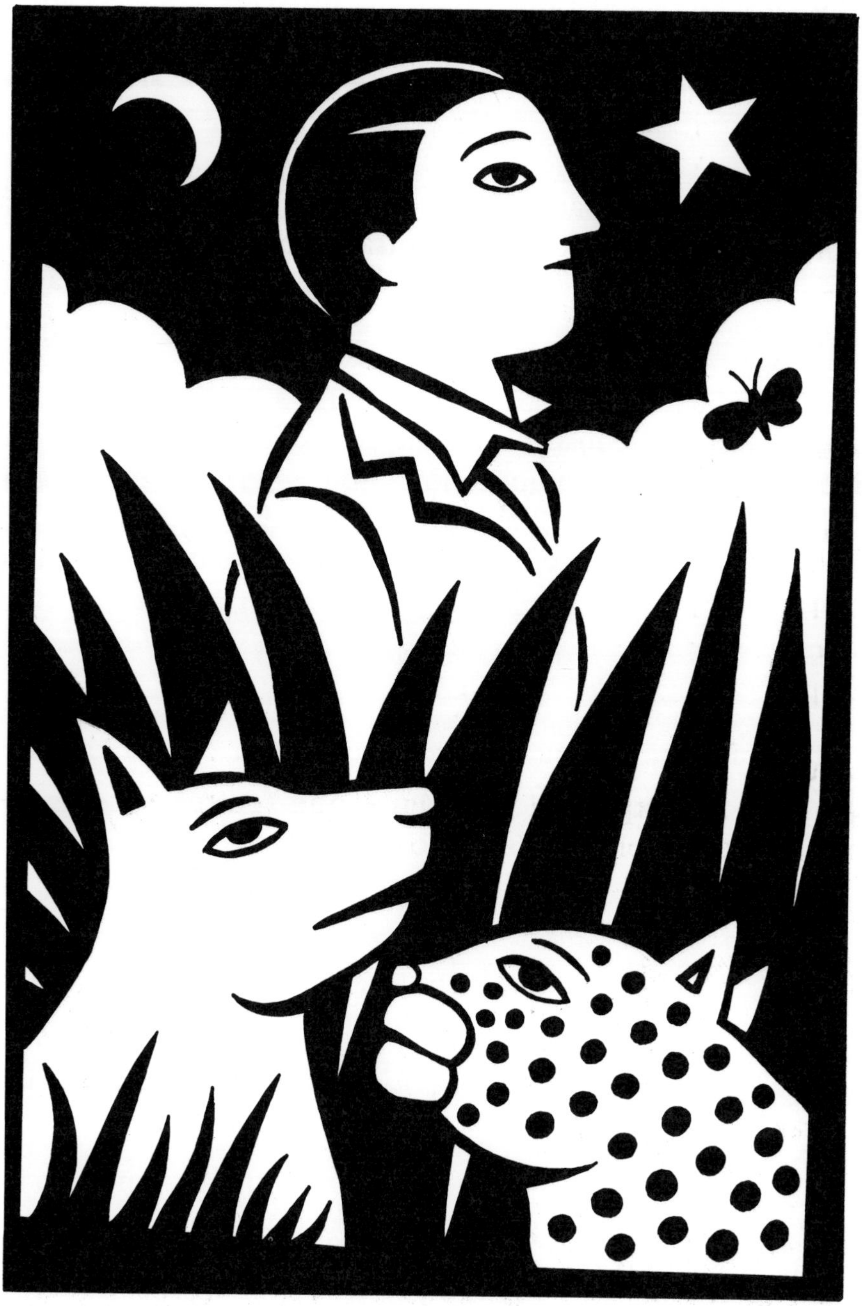

O lobo, sem perceber que a onça havia morrido enforcada no laço da embira — antes pensando que estivesse apenas cansada —, disse-lhe, tremendo como varas verdes:

— Eh! lá, comadre! "Não ri não, que o negócio é sério"!

A festa do tigre e os seus convidados

Dantes, os bichos eram compadres entre si. O tigre fez uma festa e convidou o compadre macaco, o compadre veado, o compadre carneiro e todos os outros. Chegaram todos. O tigre perguntou ao macaco se ele sabia tocar e cantar. Compadre macaco disse que sim, que sabia. O tigre pegou uma viola e deu ao macaco. Pegou outra e cantou:

> — *Corra a roda do bambuá,*
> *Fui pegar caça no mato,*
> *Em casa vim achá.*

O macaco percebeu que o tigre queria comer os bichos e respondeu:

> — *Corra a roda do bambuá,*
> *Quem tiver as pernas curtas*
> *Que vá saindo já.*

Os bichos, que estavam girando em roda, iam indo, iam indo e se escapavam. O tigre cantava com os olhos meio fechados e não via. Foram repetindo o verso o tigre e o macaco. Os bichos chegavam ao rio e nadavam para a outra banda e estavam livres. O carneiro preguiçoso saiu já no fim, e assim mesmo não teve coragem de atravessar o rio. Cobriu-se com a areia e ficou que nem uma pedra.

Então o tigre abriu os olhos e viu que dos seus convidados restavam o macaco e o veado. Olhou para o macaco, olhou para o veado, e não sabia quem pegar: o veado muito ligeiro, o macaco muito esperto. Pulou em cima do macaco, o macaco subiu na árvore e fez: fiu-fi-fiu! O tigre corre atrás do veado. Quanto mais o tigre corria, tanto mais o veado pulava. O veado atravessou o rio, e o tigre ficou parado, bufando. O veado gritou a ele, de lá:

— Está muito bravo comigo, me mate! Pegue essa pedra aí e atire em mim!

O tigre pegou a pedra e jogou. O carneiro, já do outro lado, pois a pedra era ele, gritou:

— Muito obrigado! — e foi para o curral, enquanto o veado foi para a sua zona.

O bicho da folharada

Era uma vez um macaco, o qual, por irrequieto, careteiro, buliçoso, caiu na antipatia de todos os demais bichos. Brigaram com ele, e vai daí começaram a planejar.

— Vamos dar uma lição de mestre nesse nosso atrevido colega — dizia um, com ares de sábio pesadão, que se chamava urso.

— Pois não, pois não. O que ele precisa é da repulsa geral — interveio outro, de cara comprida, de nome tamanduá.

— Façamos uma bonita festa, na qual o macaco não possa ir, por não haver sido ostensivamente convidado — lembrou ainda um terceiro, a raposa, sempre muito espertinha nestes expedientes.

— Boa ideia! Boa ideia! — aplaudiram todos, e assim foi combinada linda festa, da qual fosse excluído o macaco, e só ele, para que sentisse bem a ofensa.

Dito e feito. Combinaram e organizaram tudo, com minúcia e fausto, e expediram-se os convites a toda a bicharada, menos um: o macaco, já se sabe.

Ele sentiu a afronta e achou injusta a atitude dos colegas, pois que bicho é bicho, e cada um deve suportar os demais, com as qualidades todas e todos os defeitos.

Além disso (e a consciência do caso doía ao macaco), ele não se sentia culpado por haver nascido mexedor, careteiro e sem modos. Os outros bichos também tinham cada qual o seu defeito... Ele era o que era, mas vivia alegre, despreocupado, assobiando, pulando, compreendendo a vida, sem fazer mexericos, sem nunca ter dado prejuízo de monta a ninguém. Afinal, concluiu, parece que a queixa toda assentava muito num fundozinho de inveja...

— Os bichos me fizeram uma desfeita, não querendo que eu vá à festa... Pois hão de ver o que acontece!

Chegou o dia marcado. Corria a reunião com brilho desusado. E, de repente, houve uma surpresa geral.

É que o macaco, executando o seu plano de vingança, fora ao mato e, lá chegando, besuntara o corpo todo de mel grosso; em seguida, rolara e rolara sobre folhas secas até ficar coberto delas, da cabeça aos pés.

Tornou-se irreconhecível; parecia um bicho novo. Começou a rir...

— Chegou a hora! Vocês vão ver para que macaco presta!

Foi-se aproximando do local onde os colegas festavam, muito alegres pela peça que estavam pregando ao excluído e desprezado companheiro.

Quando a bicharada reunida viu aquela estranha figura, pensaram todos que se tratasse de algum animal novo, aparecido pela primeira vez, e um grito geral se levantou!

— Vem aí o bicho da folharada!

E o macaco chegando, chegando, muito solene. Os demais aterrados.

— Eh!, bicho da folharada!... Sai, bicho da folharada!

E o macaco entrando na casa da festa. Os outros, intrigados, sempre a distância. Uma vez lá dentro, o bicho da folharada comeu de tudo, bebeu de tudo, do bom e do melhor. Depois foi saindo, saindo, seguido pelos demais bichos, um pouco afastados, com algum receio do animal desconhecido.

Quando já estava a uma boa distância dos colegas, o macaco retomou as suas maneiras habituais, sacudiu as folhas secas que lhe cobriam o corpo e gritou:

— Vocês, seus bobos, não queriam que eu fosse à festa! Conhecem agora quem é o bicho da folharada?

E os bichos, do outro lado, muito desapontados e indignados:
— É o macaco!

E era mesmo o macaco, que afundou no mato, para se lavar e para gozar, no alto de alguma árvore, a peça que pregara, naquele dia memorável, aos seus desafetos.

Quem tem asa para que quer casa?

Era uma vez um tal dom urubu... E não sei como lhes conte, quando ele ia mais no sereno do voo, ameaçou uma trabuzana d'água que parecia que o mundo vinha abaixo. O cabeça-pelada (urubu) não quis saber de mais conversa, foi avoando como um corisco e, sem olhar pra aqui nem pra acolá, apousou no telhado de uma casa velha e ficou assuntando em como os outros bichos, que avoavam tão rasteiro, se arranjariam, quando ele, rei dos ares, não tinha onde se esconder.

Já por aí, umas pombas debandadas vinham também fugindo da tempestade e metiam-se nos pombais como gente que tem de seu e pouso certo onde assista. E vai o urubu falou assim:

— Deixa vir o Sol que eu também vou fazer minha casa.

Depois vieram as andorinhas e se esconderam na beirada das telhas. E dom urubu tornou a dizer:

— Eu também vou fazer minha casa.

Depois vieram as cambaxirras e se enfiaram no buraco do muro, mesmo em frente do bicho, para lhe fazer inveja. Ficaram muito quietinhas, muito arrumadinhas no seu canto. E vai o urubu e disse:

— Eu também vou fazer minha casa.

Depois um joão-de-barro, morador velho de um ipê seco, meteu a cabecinha fora do buraco de sua casa de terra e pegou de espiar. O urubu tornou a dizer:

— Eu também vou fazer minha casa.

Chuva caía que não era brinquedo; o vento assobiava, danado de brabo.

Os trabalhadores, num átimo, vieram correndo da lavoura e entraram na casa onde o urubu estava em cima do telhado, molhadinho como um pinto e jurando por Deus Nosso Senhor que quando o Sol apontasse ele ia fazer sua casa.

Veio o Sol, mas o bicho não quis saber de mais nada. Sacudiu as asas e avoou para esquentar o corpo. Logo se apanhou enxuto e bem lá em cima, não se alembrou mais de fazer a sua casa e, muito prosa, ia vendo que os outros pássaros não podiam chegar onde ele estava. E vai daí, quando desceu, encontrou com a cambaxirra que estava empezinha, cambaxirrando em riba de uma taipa, muito concha de sua propriedade. E a bichinha lhe pruguntou, então:

— Dom urubu, quando é que Vossa Senhoria dá começo a sua casa?

— Sai daí, cambaxirrinha à-toa — respondeu dom urubu com uma risadinha de pouco-caso. — Você tem casa, mas não é capaz de ir aonde eu vou.

E, arribando o voo, gritou:

— Quem tem asa para que quer casa?...

O bem se paga com o bem

A onça caiu numa armadilha preparada pelos caçadores e, por mais que tentasse escapar, ficou prisioneira. Resignara-se a morrer, quando viu passar um homem. Chamou-o e lhe pediu que a libertasse.

— Deus me livre — disse o transeunte. — Se você ficar solta, devorar-me-á.

A onça jurou que seria eternamente agradecida, e o homem desatou as cordas que seguravam a tampa do alçapão e ajudou a onça a deixar a cova.

Logo que esta se encontrou livre, agarrou seu salvador por um braço, dizendo:

— Agora você é o meu jantar.

Debalde o homem pediu e rogou. A onça, finalmente, decidiu:

— Vamos combinar uma coisa. Ouvirei a sentença de três animais. Se a maioria for favorável ao meu desejo, comê-lo-ei.

O homem aceitou, e saíram os dois. Encontraram um cavalo velho, doente, abandonado. A onça narrou o caso. O cavalo disse:

— Quando eu era moço e forte, trabalhei e ajudei o homem a enriquecer. Qual foi o meu pagamento? Largaram-me aqui para morrer, sem um auxílio. O bem só se paga com o mal.

Adiante depararam com um boi. Consultado, opinou pela razão da onça. Contou sua vida de serviços ao homem e que, quando julgava que ia ser recompensado, soube que fora vendido para ser morto e retalhado pelo açougueiro. O bem só se pagava com o mal.

O homem, triste, acompanhava a onça, que lambia o beiço. Quando viram um macaco. Chamaram o macaco e pediram seu parecer. O macaco começou a rir. E saltava, fazendo caretas e rindo. A onça ia-se zangando:

— Por que tanta risada, camarada macaco?

— Não é fazendo pouco — explicou o macaco —, é que eu não acredito que o homem caísse na armadilha que ele mesmo preparou.

— Ele não caiu. Quem caiu fui eu — contava a onça.

— Foi você? Então como é que esse homem fraquinho pôde libertar um bicho tão grande e forte como a camarada onça?

A onça, despeitada por o macaco julgá-la mentirosa, foi até o alçapão e saltou para o fundo do fosso, gritando lá de baixo:

— Está vendo? Foi assim!

Mais que depressa o macaco empurrou o engradado de varas pesadas que fazia de tampa e a onça tornou a ficar prisioneira.

— Camarada onça — sentenciou o macaco —, o bem só se paga com o bem. E, como você fez o mal, receba o mal.

E se foi embora com o homem, deixando a onça para morrer de fome na armadilha.

Sobre a autora

Henriqueta Lisboa nasceu em Lambari, Minas Gerais, em 15 de julho de 1901, filha do farmacêutico e deputado federal João de Almeida Lisboa e de Maria Rita Vilhena Lisboa. Formou-se normalista pelo Colégio Sion de Campanha, MG, e, em 1924, mudou-se para o Rio de Janeiro.

Dedicou-se à poesia desde muito jovem. Com *Enternecimento*, publicado em 1929, de forte caráter simbolista, recebeu o Prêmio Olavo Bilac de Poesia da Academia Brasileira de Letras. Aderiu ao Modernisno por volta de 1945, fortemente influenciada pela amizade com Mário de Andrade, com quem trocou rica correspondência entre os anos de 1940 e 1945. Sua produção inclui, além da poesia, inúmeras traduções, ensaios e antologias. Foi a primeira mulher eleita para a Academia Mineira de Letras em 1963.

Em 1984, recebeu o Prêmio Machado de Assis da Academia Brasileira de Letras pelo conjunto de sua obra. Foi professora de Literatura Hispano-Americana e Literatura Brasileira na Pontifícia Universidade Católica (Puc Minas) e na Universidade Federal de Minas Gerais (UFMG).

Poeta sensível, dedicou sua vida à poesia. Considerada um dos grandes nomes da lírica modernista pela crítica especializada, Henriqueta manteve-se sempre atuante no diálogo com os escritores e intelectuais de sua geração e angariou muitos leitores ilustres durante sua vida, dentre eles Mário de Andrade, Carlos Drummond de Andrade, Manuel Bandeira, Cecília Meireles e Gabriela Mistral.

Sobre sua poesia, Drummond nos deixou o seguinte testemunho: *"Não haverá, em nosso acervo poético, instantes mais altos do que os atingidos por este tímido e esquivo poeta."*

Henriqueta faleceu em Belo Horizonte, no dia 9 de outubro de 1985. Seu Centenário foi comemorado ao longo do ano de 2002 e, além de inúmeros eventos culturais em sua homenagem, várias reedições de sua obra foram feitas com o objetivo de revelar a força de sua poesia para os jovens de hoje.

Títulos publicados

Fogo-fátuo (1925); *Enternecimento* (1929); *Velário* (1936); *Prisioneira da noite* (1941); *O menino poeta* (1943); *A face lívida* (1945), à memória de Mário de Andrade, falecido nesse ano; *Flor da morte* (1949); *Madrinha Lua* (1952); *Azul profundo* (1955); *Lírica* (1958); *Montanha viva* (1959); *Além da imagem* (1963); *Nova Lírica* (1971); *Belo Horizonte bem querer* (1972); *O alvo humano* (1973); *Reverberações* (1976); *Miradouro e outros poemas* (1976); *Celebração dos elementos: água, ar, fogo, terra* (1977); *Pousada do ser* (1982) e *Poesia Geral* (1985), reunião de poemas selecionados pessoalmente pela autora do conjunto de toda a obra, publicada uma semana após o seu falecimento.

Publicou também *Convívio Poético* (1955), *Vigília Poética* (1968) e *Vivência Poética* (1979), coletâneas de ensaios. Os poemas que traduziu foram recentemente reunidos pela Editora da UFMG em Henriqueta Lisboa: Poesia Traduzida.

Entre as coletâneas que preparou para a infância e a juventude, destaca-se esta, de folclore, e *Antologia de poemas portugueses para a Infância e a Juventude* (1961), que será reeditado pela Peirópolis brevemente.

Bibliografia
(com discriminação dos elementos selecionados)

ALMEIDA, Aluísio de. *142 histórias brasileiras*. Departamento de Cultura, São Paulo, 1951. (O salteador arrependido. A mulher preguiçosa. O bicho-preguiça. Festa do tigre e seus convidados. O bicho da folharada. História de Orgulina. Pedro Brum.)

AMARAL, Amadeu. *Tradições populares*. Instituto Progresso Editorial S.A., São Paulo, 1942. (Pedro Malasartes. A sopa de pedras. A árvore de dinheiro. A polícia lograda. Os talheres de ouro. O passeio ao céu.)

ARINOS, Affonso. *Lendas e tradições brasileiras*. F. Briguet e Cia. Editora., Rio de Janeiro, 1937, 2ª edição. (A lenda das pedras verdes. Caboclo d'água. Lenda de São João.)

BARROSO, Gustavo. *Ao som da viola*. Rio de Janeiro, 1949. (A traíra e a isca. O cancão e a raposa, O caboclo e o sol, O cavalo e o diabo.)

BALDUS, Herbert. *Estórias e lendas dos índios*. Literart, AIFB, São Paulo, 1960. (A origem da lavoura. As duas pombas. O céu e a noite. O sapo e a onça. A árvore de tamoromu. O quati, a juriti e a preguiça. O roubo do fogo.)

CÂMARA CASCUDO, Luís da. *Antologia do folclore brasileiro*. Livraria Martins Editora, São Paulo. (Origem do rio Solimões. O bem se paga com o bem.)

_____ *Contos tradicionais do Brasil*. América Editora, Rio de Janeiro, 1943. (A bela e a fera. A moura torta. O conde pastor. Felicidade é sorte. A festa no céu. O afilhado do diabo. A menina dos brincos de ouro.)

COSTA E SILVA, Alberto da. *Antologia de lendas do índio brasileiro*. Instituto Nacional do Livro, Rio de Janeiro, 1957. (Kupe Kikambleg. O curupira e o caçador. Meri e o passarinho "O". Os dois papagaios. A velha gulosa. Mito do papagaio que faz "cra, cra, cra". A tartaruga e o gavião. O mauari e o sono.)

ESPINHEIRA, Ariosto. *Viagem através do Brasil*. Ed. Melhoramentos, São Paulo. Volume I, parte II, 5ª edição. (A vitória-régia.)

GOMES, Lindolfo. *Contos populares brasileiros*. Ed. Melhoramentos, São Paulo, 1948, 2ª edição. (O bicho Pondê. A lição do pajem. O amigo da onça. Os sete pares de sapatos da princesa. O sapo encantado. Por que os galos cantam de madrugada. Quem tem asa para que quer casa? O monge da serra da Saudade.)

LESSA, Barbosa. *Estórias e lendas do Rio Grande do Sul*. Literart, AIFB, São Paulo, 1960. (A lenda do umbu. O quero-quero. A lenda do milho. Por que o avestruz choca os ovos.)

MATA MACHADO FILHO, Aires da. *Curso de folclore*. Livros de Portugal, Rio de Janeiro, 1951. (A lenda da acaiaca.)

MAGALHÃES PINTO, Alexina de. *As nossas histórias*. Contribuição do folclore brasileiro para a biblioteca infantil. Ed. Ribeiro dos Santos, Rio de Janeiro, 1907. (O beija-flor.)

MAGALHÃES, Basílio de. *O folclore no Brasil*. Coletânea Silva Campos. Imprensa Nacional, Rio de Janeiro, 1939. (A onça e o coelho. A raposa e as aves. O gato e a raposa. O coelho e o grilo. O cágado e a fruta. O gavião e o pintinho. A anum e a canarinha. O beija-flor. A pena do tatanguê. A formiga e a filha. O quibungo e a menina. Dom Maracujá. O caipora. A mãe-d'água. O menino e o assovio. Deus é bem bom.)

MAGALHÃES, Couto de. *O selvagem*. Col. Brasiliana. Cia. Editora Nacional, São Paulo, 1940, 4ª edição. (Lendas do jabuti. O jabuti e a onça. O jabuti e o veado. O jabuti e de novo a onça. O jabuti e a raposa. O jabuti e o homem. O jabuti e o gigante. O veado e a onça. Lendas da raposa. A raposa e a onça.)

MEYER, Augusto. *Guia do folclore gaúcho*. G. E. Aurora Ltda, Rio de Janeiro, 1951. (Lenda do Caverá. Negrinho do pastoreio — versões Cezimbra Jacques.)

RODRIGUES, Nina. *Os africanos no Brasil*. Col. Brasiliana. Cia Editora Nacional, São Paulo, 1933. (O cágado e o teiú. O elefante e a tartaruga. O quibungo e o homem.)

ROMERO, Silvio. *Contos populares do Brasil*. José Olympio Editora, Rio de Janeiro, 1954. (O rei Andrada. O homem pequeno. Maria Borralheira. João Gurumete. A Fonte das Três Comadres. História de João. A cumbuca de ouro. A mulher dengosa. A lebre encantada. Os três moços. A raposa e o tucano. A onça e o boi.)

TESCHAUER S. J., C. *Avifauna e flora nos costumes, superstições e lendas brasileiras e americanas*. Livraria do Globo, Porto Alegre, 1925. (Ladainha nos ares. O mutum e o cruzeiro do sul. As saracuras e a serra Geral. A andorinha entre os índios Caxinava. A lenda da abóbora. A lenda do algodão. A árvore do pão. A lenda da palmeira. O curupira e o pobre.)

EDITORA
Peirópolis